M. G. Scultetus
Privatdetektiv Rufus – Band I
und die mörderische Hetzjagd auf Fabiola

AF188303

M. G. Scultetus

PRIVATDETEKTIV RUFUS

und die mörderische Hetzjagd auf Fabiola

Kriminalroman aus dem alten Rom

Books on Demand

M. G. Scultetus
Privatdetektiv Rufus – *Band I*
und die mörderische Hetzjagd auf Fabiola
Roman

Herausgegeben von Helmut Schareika

Bibliografische Information der Deutschen Nationalbibliothek:
Die Deutsche Nationalbibliothek verzeichnet diese Publikation in
der Deutschen Nationalbibliografie; detaillierte bibliografische Da-
ten sind im Internet über http://dnb.dnb.de abrufbar.

ISBN 978-3-7448-9235-3

© Meinhard-Wilhelm Schulz, Seeheim-Jugenheim 2017
Herstellung und Verlag: BoD – Books on Demand, Norderstedt
Umschlag, Layout und Typografie:
textus:VerlagsService Dr. Helmut Schareika,
Gau-Algesheim a. Rh. *www.textus.de*

Inhaltsübersicht

Prologus des Doktor Sokrates

Hippokrates ist für uns Ärzte, obwohl schon seit vierhundert Jahren im Jenseits, nach wie vor das leuchtende Vorbild, und seine Schriften, welche durch neue Entdeckungen stets aktualisiert werden, befinden sich im Regal eines jeden Arztes.

Einer seiner Lehrmeinungen freilich konnte ich jahrelang nichts abgewinnen, ja, ich lehnte sie sogar entschieden ab; im zweiten Buch seiner Schrift *Perì tēs Psychēs* (*über die Seele*) schreibt er nämlich folgendes; ich zitiere:

>»*Liebesleben und Paarungsverhalten* der Spezies Mensch geben uns noch zahlreiche Rätsel auf; eines der seltsamsten davon, welches man gelegentlich beobachten kann, soll hier thesenartig angerissen und zur Diskussion gestellt werden:
>
>Allzu heftig, ja, bis zur Besinnungslosigkeit Liebende erfüllt der nicht selten beobachtete Wahn, es sei das höchste Glück auf Erden, auf dem triumphalen Höhepunkt der Gefühle *sterben zu dürfen*, und nicht wenige meiner Kollegen haben den orgiastischen Höhepunkt bereits mit einem kurzeitigen Sterben verblichen.
>
>*Frauen* sollen von dieser Todessehnsucht bevorzugt betroffen sein, insbesondere, wenn sie sich hemmungslos dem über alles geliebten Manne hingeben, denn nach dem vorüber gehend alles betäubenden Liebesakt kommt die grausame Ernüchterung, und das vorher noch so Begehrenswerte erscheint ihnen dann grau und fade.
>
>Von dort her scheint mir der Wunsch *wahrhaft liebender Frauen* zu kommen, sich dem jeweiligen Partner mit solch blinder Leidenschaft und grenzenloser Unterwürfigkeit hinzugeben, dass sie von ihm sogar verlangen oder verlangen möchten, er möge sie im Rausche der Liebe töten:
>
>Eben das und nichts anderes sehen sie als Vollendung des irdischen Glückes an und ordnen ihm all ihre anderen Gedanken bedenkenlos unter.«

Ich *selbst* konnte, wie gesagt, dieser These nichts abgewinnen, ja, ich verabscheute sie sogar, bis mich das Leben eines Besseren belehrte und zur Überzeugung brachte, dass unser Altmeister der Medizin *wieder einmal* recht gehabt hat.

Wie es dazu kam, erfährst *Du*, mein geliebter und geduldiger Leser, wenn du die feine Rolle aus Papyrus geöffnet hast, in den unten folgenden Spalten meines Berichtes.

Er handelt von einer wahrhaft *griechischen Tragödie*, die ich an der Seite von Roms berühmtem Detektiv, den man meistens nur *Rufus* nennt, erleben und erleiden durfte, als wir versuchten, der wunderbaren Fabiola das Leben zu retten.

1. Im Schatten des Kolosseums

Zufällig saß ich neulich im Schatten des steil in den Himmel hinauf ragenden Flavischen Amphitheaters[1] unter dem im Wind wogenden Segel, welches zwei seiner wuchtigen Bögen vorgespannt war, und entspannte mich bei einem heißen stark gepfefferten Becher Mulsum (*Honigwein*), den mit ein freundlicher schwarzer Keller serviert hatte, als mein Freund *Rufus* aus dem gegenüber liegenden *Ludus Magnus*[2] hervorbrach und in langen Schritten lässig zu mir herüber geschlendert kam:

Er war von den Fecht-Übungen, die er wieder einmal hinter sich gebracht hatte, um in Form zu bleiben, noch ganz erhitzt; und so will ich dir, lieber Leser, meinen *Lucius Aemilius Paulus*, genannt Rufus,[3] beschreiben:

Ein großer Mann von athletischer Gestalt eilte mit feuerrot wehendem, fast schulterlangen Haar daher, kam federnd auf mich zu und zwinkerte mir aus eindrucksvoll dunkelblauen Augen zu; er steckte in einer weiten weißen ärmellosen Tunika,[4] die ihm bis zu den Knien reichte, der untere Saum rot verbrämt, die Füße in beinahe bis zu den Knien empor geschnürten grünen Calceï.[5]

---

1 Das Flavische Amphitheater (ca. 50 m. hoch) wurde später Kolosseum genannt; es gibt dafür zwei mögliche Gründe: einmal wegen seiner Größe; zum anderen hatte man davor eine Nachbildung des Kolosses von Rhodos gestellt, noch ein wenig größer, und es kam in Mode, dass der jeweilige Kaiser den Kopf auswechseln ließ; man fand leider nur noch den Sockel des Monumentes; Mulsum ist übrigens römischer Honigwein; mit Honig süßte man, da Zucker unbekannt war.

2 *Ludus magnus* = große Schule; Roms erste Trainigsstätte der Gladiatoren unmittelbar dem Kolosseum gegenüber liegend, samt verbindendem unterirdischem Gang.

3 *Rufus* = der Fuchsrote: Es ist ein beliebter römischer Beiname; warum ihn unser Held erhalten hat, wird sich gleich herausstellen.

4 Die *Tunika* ist das Alltagsgewand der Römer; man denke sich ein meist ärmelloses ziemlich langes Hemd (*ohne Knöpfe*), das man gürten kann, wenn man will; darunter zog man einen Lendenschurz oder gar nichts an; wenn es kalt war, konnte man mehrere Tuniken übereinander verwenden.

5 Calceï (Plural) sind Römerstiefel, durch deren Schäfte links und rechts an der Wade empor die Schnürsenkel zu ziehen sind; sie gelten als Zeichen der Oberklasse.

Unter dem Gewand trug er auch diesmal, wie außer mir freilich kaum jemand wusste, einen hauchfeinen Kettenpanzer über einem maßgeschneiderten Unterhemd und ein ebenfalls verborgenes kleines feines aber im Feuer elastisch geschmiedetes Schwert sowie einen dazu passenden Dolch, Geschenke unseres göttlichen Imperators *Traianus* persönlich, welchem er kürzlich erst einen Gefallen erwiesen hatte, der ihm die bleibende Dankbarkeit unseres Herrschers eintrug; über den genannten Fall muss ich aber noch einige Jahre Stillschweigen bewahren:

Rufus hatte das vom Kaiser verbriefte Recht und Privileg, jederzeit in Waffen[6] zu sein, ohne sie jedoch offen zur Schau zu stellen, denn er hatte schon etliche Mordanschläge mit heiler Haut überstanden ...

Ein breites Grinsen huschte über das kantige Gesicht, wobei er sein Pferdegebiss entblößte, als er mich erkannte:

»Schön, dass du rechtzeitig gekommen bist, mein lieber Sokrates«, sagte er noch ganz außer Atem, ließ sich in den Korbsessel neben mir fallen und rieb sich die Schweißperlen mit einem flauschigen Tuch von der Stirn:

»Ich grüße dich, mein lieber Lucius«, entgegnete ich schläfrig und gab mir keine Mühe, mich zu erheben; er sagte:

»Ich habe mich gerade mit *Astyanax*, Roms ersten Gladiator, geprügelt, naturgemäß nur mit dem Holzschwert, und ihm Paroli geboten; wäre ich einer von denen da drüben, könnte ich es in der Arena zu einigen Ehren bringen; aber ein jeder hat so seinen Beruf:

Du setzt deinen Patienten mit bitterer Medizin zu oder verdirbt ihnen mit strengen Vorschriften den Genuss an ihrem Lieblingsgericht, mein lieber Doktor, und ich mache Roms Ganoven das Leben sauer; *suum cuique!*[7]

Leider ist zurzeit nichts los in diesem römischen Backofen, und die Ganoven machen Sommerpause oder verprassen ihren

---

6   Zivilisten, auch wenn sie (wie Rufus) Privatdetektive waren, durften in Rom grundsätzlich keine Waffen tragen; für Ruhe und Ordnung sorgten die Kräfte der Stadtwache und notfalls die kaiserliche Garde der Prätorianer.

7   Suum cuique = jedem das Seine; beliebter Ausdruck der Römer; Baiae hieß übrigens der Luxusstrand der Römer (bei Neapel).

Gewinn an den Stränden Italiens; wenn sie genug Moss ergaunert haben, sind sie zurzeit am Golf von Neapolis zu finden; zum wahnsinnig Werden, diese ewige Langeweile!

Und *du* hast, lieber Sokrates, wie ich sehe, all die Patienten im Stich gelassen, welche es hier noch aushalten ... und *ich* habe glatt vergessen, was für einen Tag wir heute haben.«

Rufus gähnte herzhaft; ich nahm das Wort:

»Bei dieser Hitze vergisst man alles, aber auch alles; ich weiß kaum noch, wer ich bin, und selbst wenn ich lange genug nachdenke, komme ich kaum drauf, welches Datum wir heute haben:

Ich glaube, ich denke, ich vermute, den Vortag der Iden des Augustus im zehnten Jahr der Tribunizischen Gewalt[8] unseres erlauchten Herrschers *Marcus Ulpius Traianus*, des glorreichen Bezwingers der Daker[9] und Eroberers von Dakien«, sagte ich müde, »und weißt du was, Lucius, es ist *Sommer*, und alles, was Rang und Namen hat, ist nach Baiae geflüchtet, um dem römischen Backofen zu entrinnen und am Golf von Neapolis baden zu gehen.

Die paar betuchte Patienten, die noch in der Stadt geblieben sind, hat mein Kollege Eukrates[10] übernommen; und ich habe hier auf dich gewartet, um dir meine Aufzeichnungen unseres letzten Abenteuers vorzutragen und genehmigen zu lassen; das Verlagshaus Atticus[11] wartet schon sehnsüchtig auf das Manuskript, und mit ihm mein gnädiges Lesepublikum.«

Rufus schnippte mit den Fingern, und der Afrikaner stellte

---

8   Die sonst so praktischen Römer hatten eine unpraktische Datierung, auf die hier nicht eingegangen werden kann; Trajan herrschte von 98-117 n. Chr.; sein zehntes Jahr ist leicht zu errechnen: Sokrates meint den 14. 8. 108 n. Chr.

9   Der blutige Krieg endete 106; danach wurde Dacia – etwa das heutige Rumänien, wo man immer noch eine romanische Sprache spricht – römische Provinz.

10   Wie Sokrates hat auch sein Vertreter Eukrates einen griechischen Namen: Die Heilkunst in Rom war fest in griechischen Händen; hier nur zwei bis heute legendäre Ärzte aus Griechenland: der oben genannte Hippokrates und Galenos.

11   In diesem Hause waren unter anderem die Werke des berühmten Marcus Tullius Cicero erschienen.

ihm breit grinsend einen großen gläsernen Humpen auf den Tisch, einen herben, scharf gepfefferten gallischen Wein, den mein Kumpel so liebte, weil seine ebenfalls rothaarigen Vorfahren, wie er oft genug behauptete, von dort nach Rom ausgewandert waren:

Er nahm einen tiefen Zug, setzte das Glas ab und seufzte; dann sagte er irgendwie gelangweilt:

»Bevor wir uns der Arbeit widmen, wollen wir uns erst einmal das Produkt deines literarischen Genies zu Gemüte führen; warum du allerdings ausgerechnet den Fall ›Harpyien‹ der Publikation wert hältst, ist mir ein bleibendes Rätsel.«

»Ich finde«, sagte ich, »die Angelegenheit zeigt auf eine schlichte und dennoch beeindruckende Weise die Art deines stets methodischen Vorgehens; lass mich daher beginnen; hier ist die kleine Rolle, auf der alles steht«, fügte ich hinzu und wedelte ihm mit dem eingerollten Papyrus-Streifen vor dem Gesicht.

»Wenn's denn sein muss«, murmelte er gelangweilt und nahm das frisch geröstete Stück Brot und den löchrigen Käse in Angriff, welche ihm der freundliche schwarze Mann vorgesetzt hatte und ließ es sich munden.

Ich aber rollte die erste Spalte auf und begann zu lesen:

2. Rufus und die Harpyie

Eines Tages hockte ich bei Rufus in seinem gut gesicherten Haus im Argiletum;[12] ein ehemaliger Gladiator hatte die kleine feine Kammer des Janitors (*Pförtners*) bezogen und ließ niemanden ein, dem mein Freund keinen Zutritt gewähren wollte:

Das unscheinbare Haus war zur Straßenseite hin, abgesehen von einer kleinen Luke in der Pförtnerloge und einen mit Eisen beschlagenen Tor der Remise und dem kleinen Pferdestall dahinter, vollkommen fensterlos, um sich auf der rückwärtigen Seite zu einem üppigen Garten zu öffnen, in dessen ihn umgebender, nach außen hin hoch ummauerter Säulenhalle wir beiden oft auf und ab gingen, um einen aktuellen Fall zu besprechen.

Rufus schenkte mir keine Beachtung und las sorgfältig einen Brief, der, wie er vorhin gesagt hatte, erst gestern angekommen war; dann warf er mir die kleine Rolle mit einem trockenen Kichern zu; ich fing das Flatterding auf; Rufus murmelte:

»Einen größeren Blödsinn kann ich mir kaum vorstellen; man könnte glauben, wir lebten noch in den finstersten Zeiten der uralten griechischen Sagen, welche du als *Hellene* naturgemäß über die Maßen liebst; lies und sag mir, was du davon hältst! «

Ich nahm mir den Brief vor und nahm zunehmend belustigt Folgendes zur Kenntnis:

> »Die Anwaltskanzlei der Gebrüder Lupus & Lupus sendet ihrem sehr geschätzten Herrn Lucius Aemilius Paulus die besten Grüße und Wünsche, seine Gesundheit betreffend.
>
> Unser Klient, Herr Marcus Cornelius, Vorstand des Bankhauses Cornelius & Iulius, in der Via Sacra[13] gelegen, trat heute an uns heran mit der Bitte um detektivische Nachforschungen, betreffs *Harpyien*.
>
> Da sich unsere Firma aber lediglich mit juristischen

---

12 So heißt eine kleine Straße im antiken Rom am Forum, wo vor allem Buchhändler ansässig waren..

13 Via Sacra = Heilige Straße, eine der bedeutendsten Straßen des antiken Roms.

Fragen beschäftigt, fällt die Angelegenheit nicht in unser Gebiet; aus diesem Grunde haben wir Herrn Cornelius geraten, Dich, lieber Aemilius Paulus, aufzusuchen, um Dir den Fall vorzutragen; Dein erfolgreiches Wirken im Falle des gefürchteten Geldfälschers C. C. Surdus ist uns noch in bester Erinnerung.

Wir verbleiben mit den besten Grüßen und Wünschen die Dir stets ergebenen Gebrüder Lupus.«

»Ach ja, der gute alte Gaius Cornelius Surdus!«, sagte Rufus und streckte sich gähnend zur Decke der Säulenhalle, »ein verdammt raffinierter Fälscher, der es verstand, das Bild des Kaisers auf eine silberne Folie einzuprägen, um damit einen Münzrohling aus Blei zu ummanteln; er brachte es damit zu Wohlstand und Reichtum, bis wir dem Ärmsten das Handwerk legten.

Wenn ich mich nicht irre, ist er jetzt lebenslang zur Zwangsarbeit, ausgerechnet tief unter der Erde in einer Silbermine, verdammt und wird das Tageslicht wohl nie wieder sehen; aber nun zu unserem aktuellen Fall; was hältst du von Harpyien?«

»Oh, ihr gütigen Götter! Was soll die Frage? Es sind uraltgriechische Unholdinnen, riesige Fliegen mit Frauenköpfen, die einst über das sagenhafte Mahl eines gewissen Herrn *Phineus* herfielen, eines blinden Königs am pontischen (*schwarzen*) Meer, um es vor den entsetzten Augen der Gäste zu verschlingen und dabei alles mit dem abscheulich stinkenden Auswurf ihre Gedärme zu besudeln. Ansonsten, sagt man, sind sie darauf aus, Kleinkinder zu rauben, um sie zu fressen oder auch nur, um ihnen das Blut aus den Adern zu saugen; das ist alles, was ich weiß; es ist ein altes Märchen; wer noch an den Unsinn glaubt, ist selber daran schuld.«

»Du hast recht; Quatsch, alles nur Quatsch! Hübsch zu lesen, wie ich gerne zugebe, aber was gehen uns diese blutsaugende Riesenfliegen an; mir sind schon die winzigen Moskitos zuwider, wenn sie einem mit ihrem hellen Singsang den Schlaf rauben, und mein Kammerdiener hat darum für die Sommerzeit alle Fenster des Hauses mit einem hauchfeinen Stoff gesichert, damit die Biester nicht eindringen können.«

»Aber«, entgegnete ich, »aber es soll solche Gestalten *wirklich* geben; neulich vernahm ich in meiner Praxis, dass ein alter Mann darauf aus war, Kindern das Blut auszusaugen, um dadurch wieder jung zu werden, völlig vergebens übrigens.«

»Schön und gut, mein lieber Doktor«, sagte Rufus, »aber müssen *wir* uns mit solchen Dingen beschäftigen? Ich fürchte, wir können das Anliegen des guten alten Herrn Cornelius nicht allzu ernst nehmen; vielleicht ist er ja nur verrückt; und das fiele doch eher in *dein* als in *mein* Metier, oder? Und doch! Seltsam! Der Chef eines *Bankhauses* glaubt daran?!«

Sein Gesicht wies das berühmte amüsierte Lächeln auf, welches ihn so oft auszeichnete, das diesmal jedoch allmählich einem Ausdruck von Interesse und Konzentration wich; er nahm den Brief wieder zur Hand und drehte ihn hin und her; eine Weile stand er noch in Gedanken versunken da; dann riss er sich mit einem Ruck aus dem Reich der Träume, denn der Janitor war mit einer Schriftrolle in das Peristylium[14] getreten; Rufus überlas das Schreiben, reichte es mir und sagte:

»Hier ist noch ein zweiter Brief, einer von Senator Cornelius selbst; er beruft sich übrigens auf dich, mein lieber Sokrates; lies, und du bist im Bilde!«

Ich rollte auf und las:

»M. Cornelius wünscht seinem L. Aemilius Paulus beste Gesundheit; da mir Dein geschätzter Mitarbeiter, der Doktor Sokrates, vor Jahr und Tag in schwerer Krankheit beigestanden hat, wage ich es, mich in einer ganz besonderen Angelegenheit an Dich zu wenden, nachdem man sich bei meinen Anwälten für nicht zuständig erklärte:

Wie mir die Kanzlei Lupus & Lupus mitteilte, wurde Dir die heikle Angelegenheit bereits vorgelegt; sie ist dergestalt delikat, dass es mir schwer fällt, sie zu schildern; es geht dabei um einen Freund, dessen Namen ich nicht nennen darf.

Vor sieben Jahren verlor er seine Gattin, welche ihn samt dem kleinen Sohn untröstlich zurück ließ; doch schon ein Jahr später lernte er auf einer Reise durch die Provinz

---

14 *Peristylium* nennen die Römer einen von Säulenhallen rundherum fürstlich umgebenen, nach außen von einer hohen Mauer abgeschotteten Garten.

Africa[15] die Tochter eines Kaufmanns aus Tunis kennen und lieben: Sie könnte als Schönheit gelten, wenn man sich an ihrer braunen Hautfarbe und den krausen Haaren nicht störte ...

Er nahm sie mit nach Rom und heiratete sie; kein Mann der Welt hat jemals eine liebenswürdigere Frau gehabt als mein Freund, und übers Jahr schenkte sie ihn ein wunderschönes Kind, einen kleinen Jungen von ebenmäßigen Zügen und nur sanft getönter Haut; das Glück des Hauses schien alle Grenzen zu überspringen.

Mit dem ersten Sohn meines Freundes freilich schien sie sich von Anfang an nicht recht zu verstehen, obwohl er ein sehr liebes Kind ist, wenn auch durch einen Unfall leicht gehbehindert.

Seit aber ihr eigenes Kind das Licht der Welt erblickt hat, ist das Verhältnis der beiden noch schlechter geworden; zweimal hat man die Frau dabei beobachtet, wie sie den armen Kerl ohne jeden erkennbaren Grund schlug; das erste Mal vor genau einem Monat; beim zweiten Mal fiel sie sogar mit einem Stock über ihn her, was einen roten Striemen auf seinem Oberarm hinterließ.

Doch das alles war noch gar nichts, vergleichen mit dem, was sie dem eigenen Kind antat, einem süßen Jungen von gerade eben einem halben Jahr:

Vor wenigen Tagen war das Kind von der Amme[16] alleine gelassen; ein lautes Kreischen rief sie zurück:

Als sie ins Zimmer stürzte, sah sie ihre Herrin über das Baby gebeugt und ihm offensichtlich in den Hals beißen; als sich die Mutter bei ihrem Tun entdeckt sah, verließ sie das Zimmer mit blutbesudeltem Mund fluchtartig.

Die Amme sah nach dem Hals des wie wahnsinnig schreienden Kleinen und entdeckte eine kleine Wunde, aus der

---

15 Die Römer verstanden darunter ungefähr das heutige Tunesien, dessen heutige Hauptstadt es damals schon gab, freilich kleiner als das benachbarte Karthago.

16 Betuchte Römerinnen ließen ihre Babys, *der Figur zuliebe*, von berufsmäßigen Ammen stillen; der Römer Tacitus beklagt das in seiner Schrift »Germania«.

noch immer das Blut heraus floss; das ganze Bettchen war voller Blutspritzer, ein Anblick, der den Betrachter mit Grauen erfüllte.

Die Kinderfrau war so entsetzt, dass sie sofort den Vater herbei rufen wollte, aber die zurückgekehrte Herrin flehte sie an, es nicht zu tun und reichte ihr fürs Schweigen fünf silberne Denare; eine Erklärung gab sie nicht ab, und die Angelegenheit schien fürs Erste erledigt, denn die Verletzung des Babys stellte sich aus unbedeutend heraus.

Trotzdem traute die Amme dem Frieden nicht und ließ die Herrin fortan nicht mehr aus den Augen; insbesondere wachte sie emsig über dem kleinen Schreihals und lag Tag und Nacht auf der Lauer, vor allem, wenn sich die seltsame Mutter dem Winzling näherte.

Lieber Herr Aemilius, das oben Geschilderte mag für Deine Ohren seltsam klingen, aber dennoch bitte ich Dich im Namen meines Freundes, die Angelegenheit ernst zu nehmen, denn das Leben des Kindes und der Verstand meines geschätzten Kameraden könnten davon abhänge; ich fahre fort:

Wenige Tage nur hielt die gute Kinderfrau dicht; dann ging sie zu meinem Freund, um ihm alles zu verraten; noch redete sie auf ihn ein, weil er es nicht glauben konnte, da ertönten aus dem Kinderzimmer grässliche Schreie. Beide stürmten wie von Sinnen hinein, und was sahen sie?

Der ältere Sohn verließ den Raum fluchtartig; sein Gesicht war von den Schlägen gezeichnet, die ihm doch wohl die Stiefmutter verabreicht hatte; Blut strömte ihm aus Mund und Nase:

Die junge Frau aber war über das Baby gebeugt und saugte hörbar an seinem Hals; dann spie sie das Blut mit einem wüsten Aufschrei über das Bett, so dass sich das gesamte Laken rot färbte; während sie sich dann mühsam erhob, das Gesicht voller Blut, da brüllte mein Freund sie schon an und fragte, was das zu bedeuten habe?

Sie aber ging unsicheren Schrittes hinaus, die Treppe hinauf, um sich in ihrem Zimmer einzuschließen; eine Erklärung für ihr grausiges Verhalten gab sie nicht; und sie lässt seitdem nur ihre schwarze Sklavin hinein, sonst niemanden.

Um weiteres Unheil abzuwenden, habe ich mich an die Kanzlei der Brüder Lupus & Lupus gewendet, welche mich an Dich, verehrter Herr Aemilius Paulus, verwiesen haben; erlaube mir, dem Schreiben sozusagen auf dem Fuße zu folgen und Dich unter der mir angegebenen Adresse aufzusuchen.

Bis dahin alles Gute! Es wäre schön, wenn mein Sokrates dabei wäre; er war mir ein guter Arzt und ist ein verständnisvoller Mann: M. Cornelius.«

»Nun, soweit, so gut«, sagte Rufus und gähnte herzhaft: »Mein Lieber, du hast dir sicherlich schon eine fundierte Meinung gebildet; was *mich* anbetrifft: Ein einfacher Fall; ein recht kleiner Fall; naturgemäß nichts Übernatürliches; eher etwas für Freund Galba von der Stadtwache; aber wenn ich schon sonst nichts zu tun habe, dann ...«

Ich schüttelte verständnislos den Kopf, noch ganz von der blutrünstigen und grausigen Szene überwältigt; er aber legte nur Fingerspitzen auf Fingerspitzen und fragte:

»Kannst Du dich noch an Cornelius erinnern, deinen ehemaligen Patienten? Was weißt du über das genannte Bankhaus?«

»*Lebhaft*; auch schon aus unserer gemeinsamen Zeit bei der Armee; er begab sich vor etwa zehn Jahren in meine Obhut und ist dank meiner Hilfe wieder völlig gesundet; rein zufällig kenne ich die Gegend samt dem Geldinstitut; ich habe nämlich seitdem dort mein Konto, ein bevorzugtes Konto und kenne von daher sein Haus; *gesehen* habe ich Cornelius freilich in den letzten Jahren nicht mehr, denn er lässt alle Bankgeschäfte von seinen Adjutanten ausführen und lebt ziemlich zurückgezogen.«

»Gut, dann wirst du mir ein vorzüglicher Begleiter sein, wenn wir in Kürze samt dem Unglücklichen dort hin fahren, um ihm in Fragen *Harpyien* beizustehen; ich sage nur noch eben rasch meinem Kutscher Bescheid, dass er uns das Rösslein vor den Wagen spannt und dem *Janitor*, dass er Herrn Cornelius einlässt, denn er muss jeden Augenblick ankommen;

dann werden wir sehen, was zu tun ist und wie ihm zu helfen ist...« – »...a-aber«, sagte ich zögerlich, »er hat sich doch nur für einen nicht genannten *Freund* eingesetzt ...«

»Hihihi«, kicherte Rufus, rieb sich vergnügt die Hände und sah mir belustigt ins Gesicht:

»Was du nicht sagst, lieber Doktor: Natürlich ist es *sein* Fall; und weil er keinen Kürbiskopf[17] hat, ziert er sich, diesen haarsträubenden Blödsinn mit seinem blutsaugenden Weib, dieser vorgeblichen *Harpyie*, auf die eigene Kappe zu nehmen und schiebt lieber einen nicht vorhandenen Dritten vor ...

...doch ich höre ihn schon ungestüm an die Pforte klopfen; er hat einen knotigen Stock dabei, wie ich vernehme und zieht das eine Bein ein Wenig nach; ja, und jetzt hat er den Korridor hinter sich gelassen und steigt die Treppe herauf; er sollte sich mehr Bewegung verschaffen; trug er schon als dein Patient solche mit eisernen Nägeln beschlagene *Calceï*, der Herr *Senator*?«

Ehe ich noch antworten konnte und während mir wieder einfiel, dass Cornelius sich als junger schneidiger *Tribunus*[18] unseres Kaisers beim Dakerkrieg[19] durch einen Sturz vom Pferd eine Knieverletzung zugezogen hatte, die er zwar weitgehend, aber nicht vollständig auskurieren konnte, war er schon zu uns hinaus in den Garten gelangt; er erkannte mich auf der Stelle und rief noch ganz außer Atem:

»*Salve*, mein lieber guter Sokrates; *salve*, edler Lucius Aemilius Paulus!«

Rufus erhob sich, nickte ihm freundlich zu und sagte:

»Lieber Herr Senator, ich begrüße dich, in der Hoffnung, deine Gesundheit möge gut sein und erkläre mich bereit, diesen deinen seltsamen Fall zu übernehmen, den Fall deiner Frau; ich denke, das Problem ist leicht zu lösen und eine einfache Sache.«

Cornelius zuckte merklich zusammen und lief feuerrot an, als ihm Rufus auf den Kopf zusagte, dass es sich um seine ureigenste Angelegenheit handelte und erwiderte nichts, wo er doch vorgegeben hatte, sich nur für einen Freund einzusetzen ...

---

17 Römisch »Kürbiskopf« = Dummkopf, weil der Kürbis innen hohl ist.
18 Tribunus nennt man den Offizier der kaiserlichen Armee.
19 Kaiser Traianus eroberte Dakien, das heutige Rumänien.

Ich hatte ihn als sportlichen jungen Mann in Erinnerung, einen schmucken Offizier des Kaisers und verwegenen Reiter, und es war für mich ernüchternd, jetzt dieses elende Wrack vor mir zu sehen, in welches er sich verwandelt hatte:

Seine Schultern waren herab gesunken, der einst so üppige Haarschopf gelichtet und von weißen Fäden durchzogen; das Gesicht, vor allem die Stirn von Falten durchzogen; dürre Arme; ein vorstehender Bauch; magere Waden unter der goldverbrämten Tunika hervor stechend ...

Er muss mich auf der Stelle durchschaut haben, denn er sagte kichernd und wenigstens mit seiner alten *Stimme*:

»Mein lieber guter Doktor, wie der Mann, der mir damals wieder zur Gesundheit verholfen hat, siehst du auch nicht mehr aus; das ist der Zahn der Zeit, der an uns allen nagt ...«

Dann wandte er sich Rufus zu:

»Wie ich deiner Antwort entnehmen kann, bin ich durchschaut, und es hat keinen Sinn mehr zu behaupten, ich verträte die Sache eines anderen.

Aber du kannst dir gewiss vorstellen, wie schwer es mir fällt, mit einem Dritten über meine Frau zu verhandeln, ihn zu bitten, gegen die eigene Frau zu ermitteln, oder sollte ich den Fall der Stadtwache vortragen? Ich kenne doch die Gesetze:

Irgendein blöder abergläubischer Richter wird sie wegen Hexerei zum Tode verurteilen, obwohl ich sie trotz allem liebe wie am ersten Tag: Und dennoch:

Meine beiden Kinder müssen vor ihr gerettet werden; darum geht es mir; ihr Vater war ein schwarzer Sklave; ihre Mutter eine Weiße, naturgemäß seine Herrin, und ich denke, es kocht der ganze Urwald in ihrem Blut.«

Er rang verzweifelt die Hände; Rufus blieb die Ruhe in Person, legte ihm den Arm über die zuckenden Schultern und sagte: »Dein Zustand, lieber Herr Cornelius, ist nur zu verständlich; lass uns hier in der lieblichen Kühle des Gartens zusammen setzen und über die leidige Angelegenheit beraten; und sei versichert, ich bin einer Lösung ganz nahe, falls ich den Fall nicht schon längst gelöst habe; gewiss ist deine Frau *keine Harpyie*; daran glaubt jetzt niemand mehr; alles wird seine natürliche Ursache haben.

Zunächst muss ich wissen, was genau du unternommen hast; ist deine Frau immer noch in der Nähe des Babys?«

»Nein, natürlich nicht! Wir hatten eine Szene des Irrsinns; ich habe sie angebrüllt wie ein Stier; und sie war bis ins Mark erschüttert darüber, dass ich ihrem grässlichen Geheimnis auf die Spur gekommen war:

Auf keine meiner Fragen, auf all meine Vorwürfe gab sie mir eine Antwort, sondern starrte mich nur mit einem wilden, verzweifelten Blick an; dann stürzte sie auf ihr Zimmer und schloss sich ein; nur ihre Zofe lässt sie ein, eine mollige Schwarze, die sie aus Africa mitgebracht hat, eher Freundin denn Sklavin; wir nennen sie *Afra*; sie versorgt meine Frau jetzt mit Speis und Trank.«

»Und das Baby, dein kleiner Sohn? Ist er jetzt außer Gefahr?«

»Ich denke, nicht: Die Kinderfrau hat geschworen, ihn nicht aus den Augen zu lassen, bis alles aufgeklärt ist, aber man kann ja nie wissen, was im Hirn meiner Frau vorgeht; große Sorgen macht mir hingegen mein älterer Sohn, *mein Lucius*; seit sie ihn zum zweiten Mal geschlagen hat, ist er ganz verstört.«

»Natürlich! Das dachte ich mir; und ich kann mir gut vorstellen, wie sie sich über ihn her machte: Hat er denn nennenswerte Blessuren davon getragen?«

»Nein; aber sie schlug ihm heftig ins Gesicht; und das ist in meinen Augen umso schändlicher und unverständlicher, weil er ja ein gehbehindertes Kind ist; ein Unfall in frühester Kindheit, lieber Herr Aemilius, aber im Herzen ist er gesund geblieben; kein Vater kann sich größerer Liebe seines Kindes erfreuen als ich.«

Ein Strahlen ging über das Gesicht des Senators; doch dann verfinsterte sich seine Miene wieder rasch, während Rufus den obigen Brief noch einmal rasch überflog:

»Ich muss vermuten, dass du deine Frau, wie man so sagt, vom Fleck weg geheiratet hast, ohne sie lange zu kennen.«

»Das ist richtig; ich kannte sie nur ein paar Tage, da war es auch schon um mich geschehen.«

»Und wie lange ist *Afra* schon um sie bemüht?«

»Einige Jahre; sie war schon ihr Kindermädchen.«

»Dann wird sie deine Frau besser kennen als du.«

Cornelius nickte stumm, und Rufus sagte dann:

»Wir sollten zu dir nach Hause fahren, um den Dingen an Ort und Stelle ins Auge zu sehen; ich denke, wir haben hier einen Fall, der aus bestimmten Gründen besser am Ort des Geschehens einer Lösung zugeführt werden sollte.

Unser gemeinsamer Freund hat mir die majestätische Größe deines Palastes beschrieben; ich denke, du kannst uns vorübergehend im Gästetrakt unterbringen, wenn sich wider Erwartung unser Aufenthalt in die Länge ziehen sollte; mein Kutscher hat das Rösslein schon eingespannt; komm, lass uns gehen!«

»Darauf hatte ich gehofft«, sagte Cornelius erleichtert und erhob sich schwerfällig; wir alle gingen dann gemeinsam in die Remise und zwängten uns auf die Bank des Einspänners, die eigentlich nur für zwei Passagiere vorgesehen war.

Britannus, der hierfür zuständige Diener meines Freundes, ließ die Peitsche knallen, und schon ging es auf und davon, mit ratternden Rädern über Roms holpriges Pflaster, und jedes Mal, wenn das kleine Gefährt in die Höhe hopste, stieß der Kutscher eine Kaskade von Flüchen aus, wie das so seine Art ist; während wir tüchtig durchgeschüttelt wurden, sagte Rufus:

»Deine Frau hat, wenn ich es richtig verstanden habe, *beide* Kinder misshandelt, wenn auch auf verschiedene Weise.«

»Ja, das hat sie«, antwortete Cornelius:

»Nun, wenn sie den Sohn aus deiner ersten Ehe traktiert, ist das leicht zu erklären; es ist nachträgliche Eifersucht! Bei Stiefmüttern kommt das vor; neigt deine Frau zur Eifersucht?«

»Oh ja! Sehr sogar! Kaum erträgt sie es, wenn wir uns mit der Sänfte durch Rom tragen lassen und sich meine Blicke zu einer luftig bekleideten Passantin verirren; sie ist in ihrer Eifersucht genau so heißblütig wie in ihrer Liebe.«

»Und dein Lucius? Er ist doch wohl schon über zehn Jahre alt; ich denke, er ist geistig voll auf der Höhe; manche derartige Kinder sind manchmal sogar weiter entwickelt als die sorglosen Spielkameraden; hat er dir denn nicht gesagt, warum ihn die böse Stiefmutter zweimal misshandelte, einmal nur mit dem Stock, einmal sogar mit der bloßen Hand?«

»Er schweigt wie das Grab.«

»Wie standen die beiden zueinander, bevor es zu den ominösen Ereignissen kam?«

»Schlecht, lieber Aemilius, sehr schlecht, von Anfang an.«

»Und dennoch sagst du, er sei ein besonders liebes Kind?!«

»Er hängt mit einer Zärtlichkeit an mir, die sich niemand vorstellen kann, der es nicht persönlich erlebt hat; mein Glück ist sein Glück; mein Leben ist sein Leben.«

Rufus nickte versonnen dazu; ein feines, irgendwie wehmütiges Lächeln huschte über sein scharfkantiges Gesicht; er war jetzt Mitte dreißig und hatte nie geheiratet; warum er nie geheiratet hatte, verriet er mir erst, als der Fall der zu Tode gehetzten Fabiola abgeschlossen war, und es sollte ihm ein bohrender Schmerz sein, selbst keinen Sohn zu haben; ich konnte das verstehen, denn mir erging es so, mir, dem zweimal verheirateten und nach kurzer Zeit wieder geschiedenen ewigen Junggesellen ...

Rufus sah mir in die Augen und sagte:

»Bitte, bitte, jetzt nicht diese trübsinnigen Gedanken, lieber Doktor; darüber sprechen wir ein anderes Mal.«

Und dann zum Senator:

»Ganz gewiss warst du, mein lieber Cornelius, nachdem deine erste Frau gestorben war, mit dem Jungen ein Herz und eine Seele; du warst sein bester Spielkamerad; er war deine einzige Freude.«

»Ja, so war es«, sagte Cornelius.

»Und Lucius kann seine tote Mutter nicht vergessen; nicht wahr, er hängt immer noch an ihr?«

»In seinem Zimmer steht eine Büste aus Wachs[20] von ihr; er betet sie geradezu an ...«

»...eine letzte Frage, denn schon nähern wir uns dem Ziel: Fielen die Schläge der Stiefmutter zeitlich mit ihrem grässlichen, äh ... Harpyien-Unwesen zusammen?«

»Das erste und dritte Mal schon; aber Lucius wurde dazwischen noch ein weiteres Mal von ihr misshandelt; ich vergaß es dir zu berichten; tut mir leid.«

---

20 Die Römer trieben einen traditionellen Ahnenkult; die Wachsbilder der Vorfahren wurden dazu in der Wohnung aufgestellt.

»Nun«, sagte Rufus, »das macht die Sache für uns nicht gerade leichter, aber wir werden sehen.«

»Das verstehe ich nicht, Rufus«, sagte ich; er kicherte:

»Mein lieber Sokrates! Du kennst mich doch! Und ich hatte schon eine hübsche Theorie beisammen und bin jetzt drauf und dran, sie wieder fallen zu lassen; eine alte Gewohnheit von mir; immerhin sehe ich so etwas wie den Silberstreif am Horizont; es könnte nämlich alles *so* gewesen sein ...«

Er legte die Fingerspitzen aufeinander und schwieg, denn schon waren wir vor dem Palast der Cornelier angekommen, und der Kutscher zerrte so heftig an den Leinen, dass unser Ross mit einem dergestalt heftigen Ruck stehen blieb, dass wir alle drei ums Haar kopfüber auf die Gasse geschleudert worden wären; Rufus drohte, ihn beim nächsten Mal den Löwen vorwerfen zu lassen, was der freche Sklave mit einem ungläubigem Auflachen quittierte; er kannte seinen gnädigen Herrn und dessen harmlose Späße ...

Im vorderen Teil des Komplexes war, wie zu sehen, die *Bank* untergebracht, deren Führung Cornelius nach altem Herkommen[21] einem Vertrauten überlassen hatte, um den angestammten Sitz im Senat beibehalten zu dürfen:

Vor uns sahen wir die in Marmor schimmernde Treppe, welche an einem von Säulen flankierten überkuppeltem Tor endete.

Fragend sah Rufus seinen neuesten Kunden an; dieser schüttelte den Kopf und dirigierte die Kutsche um den gesamten Block herum, der wie eine große *Insel*[22] im Meer auf allen vier Seiten von Straßen umgeben war und ließ uns auf der Rückseite durch ein Bogentor einfahren:

Der Geruch von Heu und Stroh empfing uns; Rufus' kleines buntes Ross wurde mit mehrstimmigem Wiehern empfangen; wir stiegen herunter und unser Kutscher spannte das Rösslein

---

21 Wenn ein Senator sich persönlich mit Geldgeschäften befasste oder eine Bank leitete, ging er des Senatssitzes verlustig; daher setzten sie gerne Freigelassene, also ehemalige Sklaven, zu denen sie Vertrauen hatten, als Strohmänner ein ...

22 Solch große Gebäude mitten in der Stadt nannten die Römer »insula – Insel«.

aus, um sich faul im Stroh auszustrecken und ein Nickerchen zu machen.

Wir ließen ihn, wo er war und gelangten aus der geräumigen Remise heraus über ein Atrium, dessen Dach von vier Säulen in korinthischem Stil getragen wurde, über das Tablinum[23] hinaus in den Garten, einen Ort der Stille und Ruhe:

Behaglich plätscherte in seiner Mitte ein Brunnen; auf allen Seiten war er von einer nach außen hin mit einer Mauer abgeschlossenen Säulenhalle umgeben und stellte mit seinen Blumen und Büschen so etwas wie eine blühenden *Oase* inmitten der steinernen *Insel* dar.

Cornelius führte uns nun in den hinteren Teil der Säulenhalle, wo wir in einer bequemen Sitzecke Platz nahmen; hinter uns an der Wand hing eine bunte Sammlung innerafrikanischer Waffen: lange Spieße mit winziger Eisenspitze; bemalte Bögen nebst einigen nadelspitzen Pfeilen; verschiedene Arten von Messern; farbenfroh bekleckerte geflochtene Schilde; dazu hier und da ein grell bunter Lendenschurz ...

Rufus erhob sich, um alles aus der Nähe in Augenschein zu nehmen und holte einen Pfeil herunter, scheinbar, um die Spitze zu prüfen, ohne sie freilich ganz zu berühren; Cornelius schrie:

»Vorsicht! Sie könnte vergiftet sein; es ist die Beute eines reiterlichen Zuges ins Herz Afrikas, damals, als ich noch Decurio[24] der kaiserlichen Reiterei war.«

Rufus schmunzelte über seine heftige Reaktion, ganz so, als hätte er gar nichts anderes erwartet, befestigte die Waffe vorsichtig wieder an ihrem angestammten Platz und setzte sich hin.

---

23 Der zentrale Platz des römischen Hauses ist das Atrium, ein quadratischer Raum, dessen Dach von vier Säulen getragen wird; in der Mitte ist ein großes Quadrat frei, um Wind und Wetter Einlass zu gewähren, das Impluvium; vom Atrium aus gelangt man in sämtliche Wohnräume; nach hinten hinaus liegt das Tablinum, das Arbeitszimmer des Hausherrn, durch das man in den Garten hinaus gelangen kann; in schlichter Form ist er nur von allen Seiten ummauert; man kann den Außenmauern aber Säulenhallen vorschalten, in deren Schatten es sich gut lustwandeln lässt; diese Garten-Form heißt Peristylium.
24 Der Decurio leitet eine Schwadron.

Kaum saß er wieder, als aus dem Haus heraus ein jämmerliches Winseln ertönte; erstaunt drehten wir uns um und sahen ein geflecktes Hündchen allmählich zum Vorschein kommen:

Mühsam humpelte es heran und zog sichtlich die Hinterbeine nach; sein Schweif schleifte schlapp auf der Erde; die Augen waren triefig: Cornelius nahm es auf, streichelte über das Köpfchen und beruhigte es; dann sagte er:

»Das ist Skylax, mein goldiger kleiner Liebling; er ist schon zwölf Jahre alt und macht es wohl nicht mehr lange; vielleicht muss ich ihn einschläfern lassen.«

»...*schon* oder *erst* zwölf Jahre«, murmelte Rufus.

»Was meinst du?«, fragte Cornelius.

»Ach, nichts; es hat nichts zu bedeuten«, sagte Rufus.

»Was hat er denn, der kleine Süße?«, fragte ich und sah mich als Arzt gefordert.

»Irgendeine Art von Lähmung ...«

Ich nahm mir das Tierchen vor, horchte es ab, untersuchte seinen Bewegungsmechanismus und setzte es dann zu Boden; jaulend schlich er zu seinem Herrchen zurück:

»Mir scheint, er ist gesund, bis auf die lahmen Hinterbeinchen«, sagte ich, »und er wird noch lange leben, ja, ich denke, er könnte mit der Zeit sogar wieder ganz gesund werden.«

»...auch *ich* denke, das Lahmen wird sich geben, obwohl ich kein Arzt bin«, fügte Rufus kichernd hinzu und legte die Fingerspitzen auf einander, während Skylax vorsichtig mit dem Schwanz zu wedeln versuchte und mit feuchten Augen zu uns aufschaute; er war *wirklich* ein allerliebstes Kerlchen; Rufus fragte:

»Ist die Lähmung allmählich oder plötzlich eingetreten?«

»Plötzlich, über Nacht.«

»Und wann?«

»Vor gut einem Monat.«

»Das ist äußerst aufschlussreich.«

»Was willst du damit sagen, Aemilius?«

»Nun, es ist nur eine Bestätigung dessen, was ich von Anfang an vermutet und gedacht hatte; und ich denke, der Fall ist weitestgehend gelöst ...«

»Um aller gütigen Götter willen, mein edler Herr Aemilius, spanne mich nicht länger auf die Folter! Mein erster Sohn wurde mehrfach misshandelt; mein zweiter Sohn ist in Lebensgefahr, und du redest so undeutlich daher, dass ich gar nicht weiß, was ich davon halten soll.«

Der Senator und einstige kühne Reiter des Kaisers war erregt aus dem Korbsessel heraus aufgesprungen, stand mit hochrotem Kopf vor uns und zitterte am ganzen Leib; ich stand auf, um ihn zu beruhigen; schließlich kannte ich die Methoden meines Freundes, der sich nun ebenfalls erhob, um Cornelius besänftigend die Hand auf die Schulter zu legen:

»Mein lieber Cornelius«, sagte er, »in meinen Augen ist der Fall *wirklich* so gut wie abgeschlossen; einige Unstimmigkeiten bleiben aber noch; freilich wird dir die vermutete Lösung schweren Kummer bereiten, ganz gleich, wie die Sache ausgeht; und ich muss dich bitten, dem unvermeidlichen Desaster tapfer ins Auge zu sehen.«

»Wie auch immer, ich will unbedingt erfahren, was sich ereignet hat; daher bitte ich jetzt für wenige Augenblicke um Urlaub; ich möchte zu meiner Frau hinauf gehen, um zu sehen, ob sie sich endlich zu den Vorfällen äußern will.«

Er blieb nur kurze Zeit fort; inzwischen besichtigte Rufus die afrikanische Waffensammlung in aller Muße; und schon war Cornelius wieder da; an seiner niedergeschlagenen Miene konnte man unschwer erkennen, dass er keinen Erfolg gehabt hatte; in seiner Begleitung war übrigens eine freundliche mollige Schwarze, naturgemäß die Zofe der Hausherrin.

»Unser Koch sagt, das Essen für meine Frau sei fertig; könntest du es ihr hinauf bringen?«

»Sie will nichts essen«, sagte die Schwarze, »sie sagt, ein Doktor müsse kommen; sonst werde sie sterben.«

Der Senator sah mich fragend an; ich begriff sofort, was er wollte und sagte:

»Ja, ich bin Arzt; mein Name ist *Sokrates*; und ich will zu ihr gehen, falls sie bereit ist, mich zu empfangen; was meinst du, Afra?«

»Ich will sie gar nicht erst fragen; komme einfach mit!«

Ich ging mit der vor Aufregung zitternden Frau die Stiege hinauf; über einen hoch gewölbten Korridor gelangten wir schließlich zu einer mit Eisen beschlagenen Pforte; Afra klopfte an und rief:

»Ich bin's, Afra!«

»Bist du auch alleine? Oder ist wieder mein Mann dabei?«, tönte eine dünne Stimme durch das massive Holz hindurch:

»Dein Mann ist unten geblieben; aber ich habe einen Doktor mitgebracht; er wird dir helfen; er heißt Sokrates und ist ein erfahrener Arzt.«

Von innen wurde knirschend der Riegel beiseite geschoben; die Tür öffnet sich, auf rostigen Angeln wimmernd; ich trat ein; Afra schloss die Pforte hinter mir und schob den Riegel wieder vor:

Im Unterschied zu Rufus, der sich, wie ich in meiner Ahnungslosigkeit damals noch dachte, überhaupt nichts aus Frauen macht, betrachtete ich mich seit eh und je als Kenner des Weiblichen und war schon zweimal verheiratet gewesen, jeweils für kurze Zeit, ohne jeweils eine *treue* Frau zu finden, die sich mit mir alleine begnügt hätte, bis ich den Schwur leistete, mich auf keine einzige mehr einzulassen, komme da, was da wolle:

Der Anblick aber, der sich meinen sich weitenden Augen hier und heute bot, ließ mir den Atem stoßweise aus der Lunge entweichen: Eine Frau nämlich, schön wie die aufgehende Sonne, lag rücklings auf dem lang gestreckten Polster mit der typischen hohen Lehne, eine Frau, wie mir noch keine vor Augen gekommen war:

Aufgrund der sommerlichen Hitze, die sogar durch die dicken Mauern des Palastes ins Zimmer eingedrungen war, hatte sie sich nicht zugedeckt und steckte nur in einem feuerroten griechischen Unterkleid, welches die linke Schulter vollkommen frei ließ, schon in der Mitte der prächtigen Oberschenkel endete und zweifellos aus kostbarster Seide gefertigt war:

Ihre Figur war ebenmäßig, üppig und makellos; die Haut von sanftestem Hellbraun; das rabenschwarze Kraushaar ringelte sich weit und breit um ihr feines Gesicht herum, aus dem heraus mir zwei dunkle Augen fragend entgegen blickten, während sich die aufgeworfenen, leicht afrikanisch anmutenden Lippen zur Andeutung eines Lächelns kräuselten.

Ich näherte mich mit einigen wenigen beschwichtigenden

Worten; sie blieb ganz still liegen, während ich ihren Puls fühlte, um ihr danach die Hand auf die Stirn zu legen:

Ganz gewiss hatte sie Fieber, was aber meiner Meinung nach nur von einer gewissen nervösen Erregung verursacht und nicht die Folge einer wirklichen Erkrankung war; Afra flüsterte:

»So liegt sie jetzt schon den zweiten Tag; sie stirbt!«

Ich schüttelte verneinend den Kopf.

»Wo ist mein Mann«, fragte sie plötzlich.

»Er ist unten und möchte dich gerne sprechen.«

»Aber ich will ihn nicht sehen! Ich kann ihn nicht sehen! Wie konnte er nur hässlich von mir denken, denken, dass ich ... wie konnte er nur!

Und mir kann jetzt niemand mehr helfen; es ist ein böser Geist aus den schwarzen Gefilden des Orcus,[25] der alles zerstört hat; es ist aus mit mir«, schrie sie mit schriller Stimme.

»Aber, aber, meine gute liebe Frau Cornelia«, sagte ich, »dein Mann *liebt* dich doch von Herzen und ist ganz krank bei der Vorstellung, dass du ...«

»Wenn er mich *wirklich* liebte, wie konnte er dann von mir denken, ich hätte ...

...und liebe ich ihn vielleicht nicht, wenn ich nicht zulasse, dass er in Verzweiflung gestürzt wird, indem er von mir erfährt, dass ... und was vorgefallen ist?!«

»Aber er macht sich doch nur Sorgen; er kann das alles, was geschehen ist, nicht verstehen ...«

»...weil das alles gar nicht zu verstehen ist; er hat aber kein Vertrauen zu mir gehabt.«

»Willst du ihn nicht trotzdem sehen?«

»Nein, auf keinen Fall; sage ihm nur, er soll mir mein Kind überlassen; ich habe ein Recht auf mein Kind, und hier in meinem Zimmer ist es sicher vor ... vor ...«

Sie schwieg nun, drehte sich auf dem Sofa um und kehrte mir den Rücken zu; ich verließ den Raum und stieg zu Cornelius und Rufus hinab, um ihnen Bericht zu erstatten; Cornelius sagte:

»Unmöglich kann ich ihr das Kind anvertrauen, nach all

---

25 Der Orcus ist die antike Hölle, das Jenseits für Bösewichter und Verbrecher.

dem, was sie getan hat; nie mehr kann ich den Anblick vergessen, den sie mir bot, als sie das Blut über das Bettchen spie; mein Kleiner ist bei der Kinderfrau in Sicherheit; dort muss er bleiben.«

Ein fein gekleideter Butler hatte einem jeden von uns inzwischen einen Becher Wein vorgesetzt, der mit heißen Wasser verdünnt war; während wir noch einander zuprosteten, kam ein auffällig hübscher Junge zu uns ins Peristylium hinaus gehinkt, ein irgendwie seltsamer Bursche, ziemlich blass, dunkelblond und mit hellwachen blauen Augen, die nur so aufleuchteten, als er seinen Vater erblickte: Er eilte mit ungleichen Schritten auf ihn zu, schlang ihm die dünnen Ärmchen um den Hals und rief mit einer Stimme, die eine Mischung von Liebe und Begeisterung zu sein schien:

»Wie schön, Vater, dass du schon zurück bist; ach, wie freue ich mich, wie bin ich glücklich! Ich habe den ganzen Nachmittag schon auf dich gewartet.«

»Mein lieber kleiner Junge«, sagte Cornelius und streichelte ihm übers Köpfchen, »ich bin heute etwas früher als sonst dran, weil mich meine Freunde begleiten, Herr Aemilius Paulus und der Doktor Sokrates.«

»Ist das nicht der berühmte Detektiv, den man hier in Rom gewöhnlich den *Rufus* nennt?«, fragte der Junge, misstrauisch auf den feuerroten Haarwust meines Kameraden starrend.

»Ja, er ist es«, sagte Cornelius.

Der Junge warf uns einige stechende Blicke zu, welche alles andere als freundlich zu nennen waren; Rufus aber lächelte ihm verschmitzt zu, zwinkerte fröhlich mit den Augen und schnitt dann ein paar tolle Grimassen, um sich anschließend wieder dem Senator zuzuwenden:

»Mein lieber Cornelius, dürfen wir jetzt auch noch deinen anderen Jungen kennen lernen?«

»Gewiss, lieber Aemilius; soll gleich geschehen.«

Dann wandte er sich der schwarzen Sklavin zu:

»Afra, hole uns mein Goldstück, dass Herr Aemilius und der Doktor es einmal anschauen können!«

Die Sklavin huschte wortlos davon, um im Nu mit einem bemerkenswert hübschen Baby wieder zu erscheinen; es war ein niedlicher Junge mit leicht getönter Haut, dem Vater sonst wie aus dem Gesicht geschnitten; er plärrte unwillig, da man ihn aus dem Schlaf gerissen hatte:

Cornelius nahm den Kleinen auf den Arm, küsste ihm auf die Wangen und streichelte ihm zärtlich über das Köpfchen, bis er aufhörte zu schreien:

»Wenn ich mir vorstelle, jemand könnte diesem süßen Wesen das Blut aus den Adern saugen, dann ...«, murmelte er und schaute auf den Hals des Babys.

Ich folgte seinen Blicken und sah dort einen kleinen feinen roten Punkt neben einer winzigen Narbe; aus dem Augenwinkel heraus bemerkte ich, dass Rufus zur selben Zeit geradezu geistesabwesend wirkte und offenbar jedes Interesse am Kleinen verloren hatte; was er tat, war mir vollkommen unverständlich:

Seine Tunika hatte im unteren Teil beidseitig einen Schlitz, damit er in Nu Schwert oder den Dolch zücken konnte; sie war nur mit einer schlichten Fibel[26] geschlossen:

Rufus hatte die linke Brosche geöffnet und den doppelschneidigen Armeedolch, eine tödliche Waffe mit bemerkenswert breiter Klinge, hervor geholt, die er nun versonnen hin und her drehte und dabei auf die breite Klinge starrte; seine Züge spiegelten dabei seltsamer Weise höchste Konzentration wider.

Dann lächelte er leise triumphierend, steckte die Waffe wieder weg und wendete sich dem Kerlchen auf Vaters Armen zu, um die vernarbte ältere Stelle sowie die frische Wunde eingehend zu untersuchen; als er das getan hatte, schmunzelte er, nahm eines der winzige Fäustchen, mit denen der kleine Schreihals fuchtelte, nachdem er sich wieder in Afras Obhut befand, in seine großen Hände und sagte:

»Na, du bist mir ja einer! So klein noch, und hast schon ein bemerkenswertes Leben hinter dir!«

Dann wandte er sich mit *einem* Ruck zu seinem stumm und starr dabei stehenden Halb-Brüderchen um:

»Und *du*? Magst du Afra gut leiden?«

---

26 Fibeln sind eine Art Sicherheitsnadeln, oft mit einem Kopf verziert, mit denen man in der Antike (nicht nur in Rom) gerne Gewänder zusammen hielt.

Der kleine Cornelius knirschte mit den Zähnen und schüttelte den Kopf, um sich dann ruckartig wegzudrehen und den Raum mit leicht torkelnden Schritten zu verlassen.

»Mein Sohn ist, wie er ist«, sagte der Senator, »wen er mag, den mag er, wen er nicht mag, den mag er nicht; zum Glück gehöre ich zur Gruppe der Ersteren.«

Cornelius schwieg eine Zeitlang verdrossen; er war er von den offenbar mageren Ergebnissen der Untersuchung sichtlich enttäuscht und meinte schließlich:

»Mein lieber Herr Aemilius, wie ich sehen muss, ist die Lösung des Problems jenseits deiner Möglichkeiten; diese Angelegenheit liegt gewiss im Bereich des Magischen; ich werde mich wohl an die *Priester* wenden müssen ... und wer, wenn nicht sie, kann mir da noch helfen?«

»Ganz und gar nicht die Geistlichen; sie können dir schon gar keinen Rat geben«, sagte mein Freund, »und fällt dir bei den beiden Verletzungen denn nichts auf?«

»Ja, doch: Sie sind klein und irgendwie rund; das ist alles; aber was soll ich mit dieser Erkenntnis anfangen?«

»Nun, jemand wie ich weiß, was er davon zu halten hat; ansonsten ist der Fall sonnenklar.«

»Um der gütigen Götter willen, edler Herr Aemilius, sage mir, was du weißt, und sei es noch so furchtbar.«

»Auch wenn ich dir damit ungeheuer weh tun muss?«

»Selbst dann; nimm keine Rücksicht auf mich!«

»Gut! Aber lasse mich den Fall nach meinen eigenen Methoden behandeln! Lieber Sokrates, ist Frau Cornelia in der Lage, uns alle drei *auf einmal* zu empfangen?«

»Gewiss doch; körperlich fehlt ihr nichts; nur die Seele ...«

»Aber *mich* will sie doch nicht sehen«, sagte Cornelius.

»Gib mir ein Stück Papyrus und ein zugespitztes Schilfrohr nebst Tinte; wenn sie gelesen hat, was ich zu schreiben beabsichtige, wird sie nichts mehr gegen deine Anwesenheit haben.«

Auf einen Wink des Senators hin brachte der Kammerdiener die gewünschten Gegenstände; Rufus kritzelte ein paar Zeilen darauf, pustete die Tinte trocken, rollte das Blatt sorgsam zusammen und sagte dann:

»Lieber Sokrates, bekanntlich hast du Zutritt zu unserer

leidenden Dame; würdest du ihr diese Zeilen überbringen?«
Ich nahm das Schreiben an mich, eilte mit Afra die Stiege hinauf, die dann samt der Rolle im Schlafzimmer der Kranken verschwand; kurz darauf ertönte aus dem Inneren des Raumes heraus ein Aufschrei der Freude; Afra kam heraus:

»Sie will *euch alle* sehen; bitte, kommt zu ihr herein!«

Wir eilten die Treppe hinauf; Cornelius stürzte als erster ins Zimmer und wollte seine Frau umarmen, aber sie streckte abwehrend die Hände aus; enttäuscht ließ er sich in einen Korbsessel fallen und rang die Hände; Rufus nahm das Wort:

»Mein lieber Cornelius, lass mich zuerst folgendes betonen: Kein Mann der Welt hat jemals eine liebenswertere und liebesbedürftigere Frau gehabt als du! Und keine Frau unter der Sonne wurde jemals das Opfer eines schlimmeren Missverständnisses!«

»Wenn du das beweisen kannst, mein Aemilius, dann werde ich den Rest meines Lebens in deiner Schuld stehen.«

»Bitte, bitte, immer mit der Ruhe«, sagte Rufus grinsend, »wir sind nur des Berufes wegen hier und nehmen das übliche Honorar, ganz gleich, wer unser Klient ist, aber ...«

»Mir ist nichts zu teuer, wenn nur meine Frau von allen Vorwürfen rein gewaschen wird«, rief Cornelius.

»Gut«, sagte Rufus, »habe ich dich nicht schon auf die beiden Wunden hingewiesen?«

»Gewiss«, sagte Cornelius, »zwei winzige Pünktchen nur.«

»Können sie vom Zubeißen eines menschlichen Gebisses stammen? Glaubst du das wirklich?«

»Nein! Oh, ihr unsterblichen Götter! Jetzt erkenne ich es auch; es kann sich nur um einen feinen Piecks handeln.«

»Und deine Frau wurde beides Mal sozusagen auf frischer Tat ertappt; hatte sie eine Waffe, spitz wie eine Nadel zur Hand?«

»Nein, natürlich nicht; das ist bewiesen; aber all das ist ja schon längst besprochen worden; sie hatte gar nichts bei sich; und sie benutzt auch keine Haarnadeln; bei ihrem krausen Haar hätte das keinen Sinn ...«

»Gut, schön«, sagte Rufus, »dann wollen wir uns dem nächsten Schritt der Untersuchung widmen:

Ist dir denn nicht der Gedanke gekommen, deine Cornelia wollte dem Baby nur *Gift aus der Wunde saugen*, um ihm das Leben zu retten? Wenn ich mich recht erinnere, hat sie das Blut gar nicht getrunken sondern auf die Bettdecke gespien; gewiss, um dabei nicht selbst umzukommen.«

»...aber ... aber, woher sollte der Täter solches Gift haben?«

»Hast du mich vorhin nicht *selber* gewarnt, die afrikanische Pfeilspitze mit der Hand zu prüfen?

Wenn das Kind nun mit eben diesem Pfeil in den Hals gestochen wurde, dürfte es einer unmittelbaren Lähmung erliegen, die vielleicht zum Tode führte; freilich musste der Täter seine Wirkung zuvor einem Experiment unterwerfen:

Deinen lahmenden Hund, das arme Tierchen, dessen Zustand doch wohl alles klar machte, hatte ich allerdings in meine häusliche Vor-Überlegung noch nicht mit eingeplant.«

»Und wer war das abscheuliche Ungeheuer, das solche Mordtat vollbringen konnte? Wer war der Schuft?«

»Deine Frau kannte ihn; sie rechnete mit einem derartigen Anschlag und war auf der Hut, ohne ihn freilich daran hindern zu können; aber auch als es zum zweiten Mal geschehen war, brachte sie es nicht über sich, dir die Wahrheit zu sagen, denn sie wusste, wie abgöttisch du ... *deinen älteren Sohn* liebtest ...«

»*Mein Lucius!?*«

»Leider, ja; *er* und kein anderer; es hat keinen Sinn, den Kopf in den Sand zu stecken, so schmerzlich es für dich auch ist; und nimm folgendes als Trost an:

Es handelt sich um die bis zum Wahnsinn übersteigerte Liebe deines Jungen zu dir, und eine gewiss ebenso heiße Liebe und Sehnsucht nach der toten Mutter; so hat er sich gewiss, ohne etwas dagegen tun zu können, im Hass auf das Neugeborene verzehrt; ist das, was ich sagte , korrekt, liebe edle Frau Cornelia?«

Die Frau des Senators hatte die Hände vor das Gesicht geschlagen; Ströme von Tränen flossen darunter hervor; sie nickte nur stumm; dann drehte sie sich zum Senator um:

»...und ich brachte es nicht über mich, dir zu sagen, was wirklich geschehen war; aber als mir dieser *göttliche Herr Aemilius*, der offenbar über magische Kräfte verfügt, ein Schreiben zustellen ließ, in welchem stand, was er wusste, und dass er beabsichtigte, es dir zu berichten, da ... da ...

...und das Kindermädchen sowie meine liebe, liebe Afra waren beide im Bilde und haben nach dem zweiten Anschlag Tag und Nacht auf mein süßes Baby aufgepasst, so dass Lucius nichts mehr ausrichten konnte.«

»Liebe Frau Cornelia«, sagte Rufus, »und du, mein geschätzter Herr Senator, wenn ich euch beiden einen Rat geben darf, so schickt den kleinen Lucius zu entfernt lebenden Verwandten, wenigstens für die nächsten zwei-drei Jahre; wie ich hörte, mein Cornelius, leitet dein Bruder eure Filiale in Alexandria; ich denke, Lucius würde ein Wenig ägyptische Luft gut tun ...«

Der Senator hatte nur mit halbem Ohr zugehört und nickte ungeduldig; wie ich später erfuhr, setzte er den Vorschlag meines Freundes schon am nächsten Tag in die Tat um:

Jetzt aber stürzte er vor das Bett seiner Frau, kniete nieder und streckte beide Hände bittflehend zu ihr aus:

»Ich denke«, flüsterte Rufus, »nun ist der richtige Augenblick gekommen, das Pärchen alleine zu lassen.«

Samt der molligen Afrikanerin verließen wir das Gemach; Rufus schloss leise, leise die Tür hinter den Liebenden; wir gingen; im Gehen wandte ich mich fragend an Rufus:

»Eines noch«, sagte ich zuletzt, »möchte ich gerne von dir wissen, mein lieber Rufus: Warum hast du vorhin so seltsam mit dem Dolch herum gefuchtelt?«

Rufus kicherte eine Zeitlang und sagte dann:

»Und da sollte man doch meinen, du wüsstest aus Erfahrung über meine Methoden Bescheid, wenigstens einigermaßen!

Naturgemäß wollte ich den bitterbösen Lucius, während sein Vater das Baby liebkoste, beobachten, ohne dass er es bemerkte, und um ihn exakt in des Messers Spiegel zu bekommen, war dieser und jener Handgriff erforderlich ...«

»...und dann? Was war dann?«

»Der kleine Junge stierte mit derart hasserfülltem Gesicht auf das Brüderchen, als wollte er es ermorden.«

***

Der Fall »Harpyien« hatte mit einem Brief begonnen und endete auch mit einem Brief; Rufus schrieb nämlich noch am selben Tag an die Kanzlei Lupus & Lupus folgendes:

> »Lucius Aemilius Paulus wünscht den Gebrüdern Gaius & Marcus Lupus die allerbeste Gesundheit; mögen die gütigen Götter immerdar mit euch sein!
> Wenn ich noch einmal auf Euer kürzlich erhaltenes Schreiben, betreffs *Harpyien*, Bezug nehmen darf, so bitte ich Euch, gnädig zur Kenntnis zu nehmen, dass es uns gelungen ist, den mysteriösen Fall des scheinbar von solch einer blutsaugenden Bestie heimgesuchten Senators Cornelius einer befriedigenden Lösung zugeführt zu haben.
> Vielen Dank für Eure Empfehlung! Danke für die Vermittlung des Auftrages.
> Auch in Zukunft stehe ich Euch gerne zur Verfügung; stets Euer Diener!
> Nochmals darf ich Euch eine anhaltende und bleibende Gesundheit wünschen: Lucius Aemilius Paulus.«

3. Die gehetzte Frau

»Nun«, sagte ich und nahm einen tiefen Schluck, um meine Kehle wieder zu befeuchten, »wie gefällt dir mein Bericht über unseren, äh, *deinen* letzten Fall?«

»Oh, ihr gütigen Götter! Was schon soll ich dazu sagen; es sind wieder einmal sämtliche literarischen Gäule mit dir durchgegangen; zum einen vernebelst du meine klaren Gedanken nach Herzenslust, zum anderen dramatisierst du den einfachen Fall und bauschst ihn nach Möglichkeit auf; gut! Wenn es deinem Verleger gefällt, mag er es drucken ...«

»...und wie hättest du das Ganze geschildert?«, fragte ich und mimte ein beleidigtes Gesicht.

»Jetzt sei mal bloß nicht eingeschnappt«, murrte Rufus, »ich will ja dein musisches Talent nicht in Abrede stellen, auch wenn es mir persönlich vollkommen abgeht; ich hätte für Roms *Acta Diurna*[27] nur folgenden Bericht geschrieben:

> Kürzlich kam es in unserer Stadt zu einem scheinbaren Fall einer *Harpyie*: Eine Mutter schien ihrem Baby das Blut aus dem Hals zu saugen: Rufus wurde zu Hilfe gerufen und stellte fest, dass sie dem Kleinen nur *das Gift* aus den Adern gezogen hatte, welches der eifersüchtige Stiefsohn ihm mittels einer vergifteten Pfeilspitze beigebracht hatte: Der Junge ist jetzt bei Verwandten untergebracht.

So, mein lieber Sokrates, das wäre schon alles, aber du ... nun gut, ich will gerne zugeben, dass du hübsch zu schreiben verstehst, ja, ich freue mich immer, wenn du es tust.«

Trotz seiner beschwichtigenden Worte konnte ich meinen Ärger nicht so rasch herunter schlucken und drehte mich weg, um auf die Häuserfront jenseits des Platzes zu sehen, auf welchem das riesige Oval des Amphitheaters untergebracht ist; dort aber bot sich meinen Augen ein erregendes Schauspiel, ein

---

27 Acta Diurna = Tagesanzeiger: Roms erste Zeitung erschien als Wandzeitung; kein Geringerer als Gaius Iulius Caesar hatte sie ins Leben gerufen; von diurna kommt übrigens unser Journal – Journalist.

Anblick, den ich seitdem nie mehr vergessen konnte, denn nie zuvor hatte ich etwas gesehen, das mich in gleicher Weise fasziniert und mir Geist und Körper gleichermaßen in Erregung versetzt hätte:

Aus einer der im Halbdunkel, weil der Sonne entgegen liegenden Gassen kam eine Frau heraus gerannt, deren Anblick mir den Atem raubte; gebannt sah ich sie wie verrückt ins grelle Licht der tief stehenden Sonne und damit auf den freien Platz hinaus rennen:

Ihr dichtes dunkelblondes Haar war in einem auf die Seite gefallen und sich bereits auflösenden Knoten vereinigt; einzelne Strähnen flossen schon über ihre beidseitig vollkommen unbedeckten Schultern; darunter trug sie ein hauchfeines hellblaues gürtelloses Kleidchen, das beim ungestümen Rennen ihre bemerkenswert üppigen Oberschenkel flatternd umwehte:

An seinem oberen Rand wurde es von einer in tiefem Rosa gehaltenen, filigran gedrehten und wechselseitig durch etliche fein umnähte Ösen der Stoffbahn gezogenen Kordel gehalten, welche durch die rasierten Achselhöhlen gezogen war und sich dort deutlich sichtbar ins weiche Fleisch eingrub; vorne war das Band in einer großen Schleife verknüpft und dadurch fest gezurrt; unten endete das Gewand in einem breiten rosa Saum ungefähr zwei Handbreit oberhalb der Knie.

Die schwer atmende Frau war auffällig groß; im Korbstuhl sitzend, reckte ich mich unwillkürlich ein Wenig in die Höhe und sah dann mit Behagen, dass sich ihre insgesamt gesehen einigermaßen schlanke Gestalt samt einem nach unten spitz zulaufenden, an einem um die Taille geschwungenen Gürtel befestigten ledernen Lendenschurz im Gegenlicht klar und deutlich als schemenhafter Schattenriss abzeichnete.

Ihre prachtvoll geschwungenen Waden unterhalb der schwellenden, leider nur teilweise sichtbaren Oberschenkel waren von einem wirren Geflecht filigraner grüner Lederriemchen umwickelt, welche unten in feine Sandalen derselben Farbe übergingen und mündeten.

An beiden Armen, mit denen sie beim vorwärts Stürmen wild rudernd fuchtelte und welche mir ziemlich muskulös zu sein schienen, trug sie silberne *Armillae*,[28] auf denen flimmernd die Strahlen der Sonne hüpften und tanzten und fröhlich in unsere Richtung blinkten; in meine genüsslich kennerischen Betrachtungen hinein schnarrte Rufus' nüchterne Stimme näselnd:

»Du hast vollkommen recht, mein lieber Sokrates«, sagte er unverschämt grinsend, »sie ist *wirklich* eine Nummer größer als du, ungefähr so groß wie ich; eine stattliche Person also; verdammt weiblich geformt! Und damit das Richtige für so einen alten Genießer wie dich; auch sonst ist einiges an ihr höchst bemerkenswert, wie du sicher bemerkt hast, doch davon später …

Auf jeden Fall hat sie es dir angetan, diese Puppe da, mein Lieber, da kannst du mir nichts vormachen, besonders ihre fleischigen Schenkel, an denen du dich gar nicht satt sehen kannst.

Auch ihre sonstige Gestalt ist ja nicht von schlechten Eltern, wie man im Gegenlicht sehen kann; und obwohl es noch kaum einen Monat her ist, dass du dich von deiner letzten, *hehehe*, *bösen* Frau hast scheiden lassen, *hehehe*, hast du dich in Windeseile in die verschreckte Süße da verliebt und vergafft …

…und wie sie sich wie ein gehetztes Reh in alle Richtungen umblickt; ich denke, irgend etwas Übles ist in ihr Leben getreten; wer weiß, wie rasch wir beide gefordert sind?! Gewiss ist sie auf der Flucht, fragt sich nur, vor was oder wem.«

Für die Dauer von höchstens zwei Herzschlägen rasten die Gedanken zu meiner *zweiten Frau* zurück, mit der ich kaum ein halbes Jahr verheiratet gewesen war, als sie mir ein schmutziger Geldmann ausspannte; sie war das genaue Gegenteil zu diesem in meinen Augen wunderschönen Mädchen, klein und fein nämlich und mehr als schlank; zehn Jahre jünger als ich; lebenslustig und höchst anspruchsvoll; genusssüchtig bis zum Irrsinn und zum Erbrechen oberflächlich, kurz: eine treulose Hure.

Sie kam aus einer verarmten Familie, und ich hatte in meiner Dummheit gehofft und erwartet, sie würde mir *dankbar* sein, weil ich sie diesen Nöten entrissen hatte, aber sie schielte nur nach dem nächsten Mann und ließ sich bei erster Gelegenheit mit ihm ein, dieses Flittchen; und der Idiot hat sie auch

---

28 Armillae: spiralförmige Armreifen, gelegentlich in Gestalt einer Schlange.

noch geheiratet! – Damals beschloss ich, *nie wieder* etwas mit Frauen zu tun zu haben, genau so wie mein Vorbild und Freund Rufus und verfluchte die Weiber allesamt; doch diese Vorsätze waren jetzt wie vom Winde verweht, denn die Ängstliche da war das genaue Gegenteil derer Damen, die nach dem lächerlichen Klischee als schön gelten:

Bevor ich Rufus noch etwas auf seine anzüglichen Frechheiten erwidern konnte, war sie in der Mitte des Platzes zum Stehen gekommen, höchstens zwanzig Doppelschritt (*ca. 30 m.*) von uns entfernt; ihre Lungen arbeiteten wie Blasebälge; die Brust hob und senkte sich wie ein Boot auf hoher See; sie schien nach Atem zu ringen; ich bemerkte, wie ihr Gesicht von einem bläulichen Schimmer überzogen wurde; sie war demnach kurz vor dem Ersticken und musste beim Laufen ihr Äußerstes gegeben haben.

»Ihr unsterblichen Götter, wie ist sie hübsch! Gewiss ist sie noch keine dreißig, höchstens dreißig und eine *Göttin* ist sie auch, unglaublich reizend und verführerisch«, sagte ich trotzig, indem ich daran dachte, dass sie zu einem Mann von Mitte dreißig *wie mir* doch wohl hervorragend passen sollte; wie immer, Amor hatte mir plötzlich und unerwartet den Pfeil ins Herz geschossen, und ich war blind vor Liebe und Verlangen ...

»...hehehe! Eher schon *an die* vierzig! Nein, bereits etwas *über* vierzig! Ich fürchte, ein paar Jährchen zu alt für einen anspruchsvollen und mit allen Wassern gewaschenen Schwerenöter wie dich, mein Bester«, grummelte Rufus.

»...und woher willst du das wissen? Oder treibst du wieder einmal dein Spielchen mit mir?«

»Wie käme ich dazu; tue ich doch nie; ich habe nur beobachtet, wie du sie in Augenschein nahmst; und es war ein Kinderspiel, all deine Gedanken zu erraten, insbesondere, als du dich plötzlich um mindestens ein Daumesdick größer machtest; ansonsten sieht ein erfahrener Mann, wie alt sie ist; man erkennt es an Haltung, Gang, Form des Körpers und vor allem am Gesicht.«

»Das glaube ich nicht«, keifte ich wütend und blickte starr auf die Schöne, welche sich nun wie ein von Hunden gehetztes Wild in alle Richtungen umsah, wobei sie ihren Körper immer wieder drehte und wendete, um mir dadurch ein von ihr gewiss nicht beabsichtigtes Vergnügen zu bereiten:

»Fangen wir einmal mit ihrem Haar an; es gefällt dir; es ist dunkelblond und üppig; besonders reizend findest du es, dass ihr einseitig schief gewundenes, ganz gewiss entzückendes Krönchen in heller Auflösung begriffen ist, und das diesmal ausnahmsweise sogar einmal, ohne dass die Dame es so *will*, um einen von uns Deppen herum zu kriegen; aber hast du auch die ersten weißen Fäden erspäht, die es durchziehen?«

Ich hätte ihn ob dieser Taktlosigkeit ermorden können, aber es kam noch schlimmer; Rufus flüsterte zischend:

»Dass sie *Sommersprossen* hat, und zwar jede Menge davon, finde ich grässlich; manche mögen das in ihrer Ahnungslosigkeit und Geschmacklosigkeit; *ich* nicht! Für mich ist das eine Entstellung des Gesichtes.

Ferner weist ihr Antlitz erste feine Linien auf; sie ist endgültig dabei, der Jugend zu entkommen, oder besser: Sie ist den Jugendjahren längst entflohen ... aber nett ist sie doch!

Ferner vermelde ich einen feinen, nur schwach sichtbaren Ansatz eines *Doppelkinns*; auch der *Hals* ist eine Spur zu weich; siehst du denn nicht, dass er bereits Spuren der sogenannten *Jahresringe* aufweist? Diese beiden von mir genannten Mängel zeigen freilich auf, dass sie im Alltag viel redet und ziemlich oft sogar *schreit*; das lässt die ominösen Stellen vorzeitig erschlaffen.«

Ich starrte ihm nur noch wortlos wütend ins Gesicht; dann sah ich wieder nach der Frau: Sie musterte misstrauisch die an den Tischen sitzenden Gäste; dabei wanderten ihre Blicke fragend auch über uns; ich tat so, als wäre ich teilnahmslos, ohne meine neugierigen Augen von ihr abzuwenden, während mein Puls sein berüchtigtes Hammerwerk eingeschaltet hatte:

»...und sie streift sich zweifellos, wenn es nur geht, *täglich*, den Zweiteiler der Sport treibenden Damen über, um sich unter der heißen Sonne Italiens in der *Palästra*[29] zu stählen ...

---

29 Palästra: antike Sportschule, wo man seine Übungen im Freien absolvierte; Männer taten es nackt; Frauen, soweit wir das wissen, in einer Art Bikini; erhaltene Mosaiken zeigen hübsche Bilder solcher Sportlerinnen, von denen sonst so gut wie nichts bekannt ist.

...nein, nein, das war ein krasser Irrtum; ich muss mich umgehend korrigieren:

Sie übt ihre Lieblingsbeschäftigung wahrscheinlich sogar hüllenlos aus; selbstverständlich arbeitet sie auch mit Gewichten und Hanteln, wie ihre männlich breiten Schultern und muskulösen Arme beweisen, welche sonst keine normale Frau vorzuweisen hat.

Ich glaube, sie kann ganz gut zuschlagen, so es sein muss; sollte sie verheiratet sein, was aber nicht der Fall ist, hätte ihr Mann keinen leichten Stand, denn wenn mich nicht alles täuscht, liebt sie es, sich mit anderen Frauen im Boxkampf und beim Ringen zu messen; selbst den Gladiatorenkampf traue ich ihr zu, bin mir meiner Sache aber noch nicht ganz sicher: Neuerdings lassen sich Roms Emanzen ja von gar nichts mehr abhalten ...

Was? Wie? Du bezweifelst sogar, dass sie wahrscheinlich, wie bei euch Griechlein doch üblich, den Sport nackend betreibt?

Nun, ihr Zustand verweist darauf hin, dass sie sich regelmäßig unbekleidet stählt; trüge sie nämlich den stramm am Körper sitzenden Zweiteiler der Athletinnen, müsste man beiderseits des Oberkörpers sowie an den Hüften die dadurch entstehenden Einbuchtungen im bei ihr keineswegs fehlenden Fettgewebe erkennen, schmale Vertiefungen also, welche von den ebendort einschneidenden Trägern oder Schnüren der entsprechenden Kleidung her rühren und sich erst nach vielen Tagen, die davon frei bleiben müssen, wieder einebnen ...«

»Das ist eine Frechheit; das ist eine Gemeinheit; sie ist überhaupt nicht fett; sie ist vielmehr von ausgewogener Gestalt, und allzu dürre Frauen mag ich nicht.«

»*Fett*? Nein, soweit bin ich wirklich nicht gegangen; aber immerhin weist sie erste Ansätze der gefürchteten Röllchen sowie einen winzigen Bauchansatz auf; sie ist gutem Essen und vor allem einem tiefem Blick ins Glas nicht abgeneigt; als untrüglichen Hinweis könnte man ihre leicht gerötete Nase gelten lassen ... und deine Abneigung gegen allzu dünne Frauen kommt gewiss daher, dass deine letzte ein *Strich in der Landschaft* war ...

Ferner deuten ihre schwellenden Schenkel darauf hin, dass sie einerseits einiges vom Schwimmen versteht und sich andererseits regelmäßig ins Stadion begibt, um sich dem Wettlauf[30] der Frauen zu widmen, den ihr Hellenen seit tausend Jahren schon ins Herz geschlossen habt; vielleicht besucht sie sogar das ehrwürdigen Stadion des Domitianus, und ich bedaure jetzt, es versäumt zu haben, mich dort einmal als Frau verkleidet unter die Zuschauerinnen zu mischen, *hihihi* ...«

»Ja«, sagte ich, »sogar ein Dorftrottel wie ich bemerkt, dass sie breite Schultern und muskulöse Arme hat; das mit dem *Untergestell* war mir freilich weniger aufgefallen, aber du hast wie immer und auch diesmal recht ...«

»Und siehst du denn nicht, dass sie in der Jugendzeit mit dem Reiten vertraut war?«

»Ich mag das Frauenreiten nicht«, sagte ich, »immer dieser alberne *Quersitz* ... das ist doch lächerlich; denoch kann ich deinen Gedanken nicht recht folgen.«

»*Von wegen Quersitz!* Sie ist zweifellos ebenso breitbeinig geritten, wie wir Männer das tun.«

»Bis du etwa unter die Hellseher gegangen?«, fragte ich Rufus, »oder habe ich wieder einmal alles Wichtige übersehen?«

»Gewiss, gewiss; das ist so deine liebenswürdige Art, von der dich nicht zehn Gäule abbringen können:
Schau dir jetzt noch einmal kritisch *ihre Beine* an, diesmal bitte, ohne dabei in die Süße verliebt zu sein!«

»Was soll mir dabei auffallen? Ihr Kleidchen lässt den halben Oberschenkel frei und alles darunter Folgende; sie hat kräftige, aber weibliche Schenkel; mir gefallen sie gut ...«

»Dass es dir die verängstigte Frau da angetan hat, weiß ich, aber bei ihren Schenkeln geht es nicht darum, ob sie dir gefallen oder nicht; beachte ihre ganz besondere Gestalt!«

Die Hübsche drehte sich gerade zweimal wirbelnd um die eigene Achse, als wollte sie nach einem unsichtbaren Verfolger Ausschau halten; dann kam sie wieder zum Stehen und blickte misstrauisch in unsere Richtung:

»Nun«, sagte ich, »die Oberschenkel sind wohlgeformt, rund

---

30 Der Stadionlauf (ca. 200 m.) ist die Paradestrecke der alten Griechen; Kaiser Domitianus erbaute in Rom ein solches Stadion (heute: Piazza Navona).

und schön, ein Wenig wellig vielleicht, aber das gehört dazu; die Knie sind weder zu flach noch zu spitz; die Waden wunderbar weiblich geschwungen; den Füßen darunter schmeicheln die feinen Sandalen; weshalb kann man daraus schließen, dass sie in ihrer Jugend *wie ein Mann* geritten ist? Ich sehe nichts Dergleichen.«

»Oh, ihr gütigen Götter!«, stöhnte Rufus, »merkst du denn nicht, dass ihre Beine nach außen gebogen sind? Wenn sie, wie gerade eben, die Füße einigermaßen parallel nebeneinander stellt, passt eine ganze Faust zwischen ihre Knie; und das kommt vom Reiten in Kindheit und Jugend, wenn die Knochen noch weich sind und sich unweigerlich der Rundung des Pferdeleibes anpassen.«

»Schön und gut; das habe ich jetzt begriffen; aber woher weißt du, dass sie *zurzeit* nicht mehr reitet; ich vermute, du denkst, hier in der Riesenstadt habe sie keine Gelegenheit dazu, oder?«

»Keineswegs, mein Lieber! Aber wenn sie immer noch aktive Reiterin wäre, könnte man das an der Verhornung auf der Innenseite ihrer Knie ablesen, welche sie uns freundlicher Weise unbedeckt vorführt; ferner wäre es auch an den Waden bemerkbar, weil sie gewiss die bei unseren kaiserlichen Kavalleristen üblichen Kniebundreithosen getragen und daher mit nackten Waden geritten wäre; der geübte Reiter treibt das Ross aber mit Absatz und Schenkeldruck, und das hinterlässt seine Spuren.«

»Ich habe im Unterschied zu dir leider keine Ahnung vom Reiten«, bemerkte ich trotzig.

»Weiß ich und ist bedauerlich; wenn wir einmal einen ländlichen Fall zu bearbeiten haben, wirst du es bereuen; vielleicht setze ich dich eines Tages doch noch auf den Gaul; dafür ist es nie zu spät; doch nun noch einmal zu ihrer mehr als luftigen Oberbekleidung, wie sie keine anständige römische *Matrona*[31] trägt, und welche ich ihr nur aufgrund ihrer Todesangst verzeihe:

Sie hat, einmal abgesehen vom nur handbreiten Lenden-

---

31 Matrona (lat.) = Ehefrau; brave Römerinnen tragen lange wallende Kleider; unser Wort Matrone hat einen negativen Bedeutungswandel hinter sich.

schurz, gar nichts drunter an; dank dem Gegenlicht steht sie irgendwie *im Freien* da; *und*«, fügte Rufus besonders boshaft grinsend hinzu, »*und* sie hat auch das für Ihresgleichen dringend *erforderliche Mieder* vergessen; so sieht man immerhin schattenhaft die ... äh ... *Brüste* ... äh ... haltlos herunter hängen, *links* mehr als rechts; und ich weiß wirklich nicht, was dir an dieser Puppe gefällt.«

Ich ballte die Fäuste und verspürte keine geringe Lust, mit ihm eine Rauferei zu beginnen; er bemerkte es natürlich sofort, lächelte nur und fuhr fort:

»Ferner solltest du ihre Augen, ihre Hände, ihr Schuhwerk beachten und ganz besonders das für eine Dame von Kultur *absolut* unangebrachte Kleid nach allen Regeln der Kunst bewerten:

Nun, mein Lieber, welche Schlüsse ziehst du aus all meinen Bemerkungen, mit denen ich deinen kleinen grauen Zellen ein Wenig auf die Sprünge helfen will, *he*?«

»...ich ... ich ... weiß nicht; ich finde sie zauberhaft, und das ist alles; *mir* gefällt sie, selbst wenn sie älter sein sollte als ich es bin, und alles andere ist mir gleichgültig, denn deine an ihrem Körper gerügten Mängel interessieren mich nicht die Bohne, ja, all das finde ich sogar besonders reizend, ganz besonders die Sommersprossen:

Wenn du an dem Flatterkleid etwas auszusetzen hast, so schau dir doch erst einmal die anderen Frauen da drüben an, die hier in hauchfeiner Seide flanieren, um sich auf diese Weise den verkalkten Blöd-Mann des Lebens zu angeln; da ist mein Goldstück noch einigermaßen harmlos dagegen gekleidet ...

...und mehr weiß ich nicht zu sagen, nur, dass sie mir trotz allem ... wie die Unschuld vom Lande, wie ein liebes Lämmchen vorkommt; ihr gesamter Aufzug hat gewiss seine Gründe ... und wenn du mich fragst, sie ist auf der Flucht vor ihrem Ehemann ...«

Rufus schüttelte belustigt den Kopf und richtete weitere Blicke auf meine neueste Flamme; die Frau hatte uns jetzt die wohlgeformte, einladend ausladende Kehrseite zugewandt, um das Menschengewimmel auf der gegenüber liegenden Seite des Platzes zu beobachten; er kicherte und legte die Fingerspitzen zusammen, bevor er sein nächstes Urteil über meine Freundin abgab:

»Zum ersten das Kleid: *Du* bist doch der Frauenkenner und nicht *ich*; *du* warst doch schon zweimal verheiratet, während *ich* stets einen Bogen um die Weiblichkeit machte; so müsstest du doch erkennen, dass es sich um nichts anderes als ein Untergewand handelt, ein mondänes übrigens, denn es ist aus feinster Seide gewebt und war gewiss ebenso teuer wie die *Armillae* oder die Schuhe; von wegen *eine Unschulde vom Lande*!

Von Armut geplagt ist deine neue Freundin jedenfalls nicht, und solch eine Dame weiß, was sie sich und anderen schuldig ist und rennt nicht ohne das erforderliche Mieder los:

Sie ist natürlich *Linkshänderin*, wie die ungleichen Brüste und ihre links etwas tiefere Schulter verraten; ihre filigranen Hände sind gepflegt, eine Labsal für anspruchsvolle Augen: Deine Flamme übt demnach keine körperliche Tätigkeit aus, einmal abgesehen von ihrem vielseitigen Kraftsport.

Ich denke, wenn ich das Energische ihrer Mimik, wenn ich ihr keckes Kinn und den festen Mund richtig deute, sie ist *Erzieherin* in irgendeinem Mädchenpensionat, einem feinen Lyzeum, wo sie es gewohnt ist, sich durchzusetzen; und weil sie dort viel reden und sich tagtäglich lautstark behaupten muss, hat ihr Hals bereits sichtbar darunter gelitten.

Dass sie Lehrerin ist, zeigt auch das Fehlen des Eheringes, denn man bevorzugt in diesem Beruf ehelose Damen, und welch andere Frau ist in ihrem Alter noch unverheiratet, wenn sie zumindest früher einmal eine Schönheit war? Du hast also Glück gehabt, mein Lieber, sie ist noch zu haben und war noch nie verehelicht.«

Rufus unterbrach seinen Kommentar und beobachtete die Frau mit zusammengekniffenen Augen; sie stand jetzt irgendwie geduckt auf dem Platz und starrte in die finstere Straßenschlucht, aus der sie vorhin hervorgebrochen war, den linken Arm nach vorne gestreckt; Rufus lächelte triumphierend und sagte:

»...also doch!«

»Was *noch*?«, fragte ich.

»Sie ist *Amateurgladiatorin*, zweifellos.«

»Und woher weißt du das?«

»...weil sie gerade unwillkürlich die Grundstellung der Gladiatoren einnimmt und in die Gasse hinein wittert, als ob von dort her der nächste Gegner kommen müsste, den es zu schlagen gilt.

Doch rasch noch einmal zurück zu Aussehen und Ausstrahlung deiner Süßen:

Wenn du *mich* fragst: Sie ist sogar noch im Zustand der Jungfräulichkeit; da bin ich mir ziemlich sicher, und in ihrem reizenden Aufzug hat sie es *gewiss nicht* auf die Bewunderung der Männer abgesehen, da hast du ausnahmsweise einmal recht.

Aber das hat andere Gründe, als du denkst, und ich weiß schon, welche; doch auch davon später; worauf also wartest du noch? Geh doch endlich hin und quatsche sie an; biete dem verängstigten Reh Arm und Beistand an!

Übrigens: Auch ihr dunkelgrünes Schuhwerk ist vom Allerfeinsten; freilich sind die Riemchen aufs Schlampigste um die schwellenden Waden gewunden; es kommen für mich nur zwei römische Schuhmacher in Frage, aber das ist ein eigenes Thema; ich will zu ihren Augen kommen; was ist dir an ihnen aufgefallen?«

»Ich glaube, äh, sie sind groß und dunkel ...«

»Deine Beobachtung in Ehren, aber alles Wichtige ist dir wieder einmal entgangen: Hast du denn nicht bemerkt, dass blanke *Todesangst* aus diesen *wunderschönen dunklen großen Augen* heraus schaut? Und nur diese schwarze Todesangst erklärt den seltsamen Aufzug der fremden Frau:

Sie hat sich überstürzt auf die Flucht begeben; ihr provisorischer Haarknoten zerfällt; die *Palla*[32] ist zu Hause am Haken hängen geblieben; sie hat die Schuhe allzu hektisch über den Waden verschnürt; nicht einmal zum Schminken blieb ihr die nötige Zeit, und das ist doch bei unseren Damen von heute das Allerbemerkenswerteste, nicht wahr?

Sonst legt sie jedenfalls den größten Wert darauf, wie mir die Reste der Kriegsbemalung noch verraten, sogar ihre Finger- und Fußnägel pflegt sie rot zu färben, wie das geübte Auge

---

32 Palla: bodenlanges römisches Obergewand der Frauen.

sieht: Jetzt aber verfügt sie über keine geröteten Wangen, keine ummalten Augen oder nachgezogene Augenbrauen, nicht einmal den geschminkten Mund, und der Lack der Nägel ist abgeblättert.

Zurück zu ihrer Todesangst:

Selbst wenn uns niemand darum gebeten hat, ist es unsere Pflicht, sie zu beschützen; sie glaubt nämlich, dass ihr jemand nach dem Leben trachtet, da bin ich mir ganz sicher, und da sie es noch nie mit einem Manne hatte, kann es der von dir angenommene Wüterich von Gatte nicht sein.

Ein anderer also will sie abmurksen, und darum blickt sie sich ständig in allen Richtungen um; gib dem Kellner dein kostbares Manuskript zum Aufbewahren; sein Verlust wäre eine Katastrophe; wir wollen rasch hinüber eilen und sie ansprechen; das Weitere gibt sich dann.«

Ich reichte dem freundlichen schwarzen Mann die Schriftrolle und bat ihn, sie für uns aufzubewahren; dann schritten wir, das im roten Licht der untergehenden Sonne schimmernde Kolosseum im Rücken lassend, zu der unschlüssig sich um die eigene Achse drehenden Frau; die Schatten waren schon lang geworden und der strahlende *Helios* war dabei, hinter den bis zu acht Stockwerken hohen Blocks zu verschwinden:

Kaum bemerkte sie uns, als sie auch schon einen feinen hellen Schrei ausstieß und hektisch einer schmalen Gasse gegenüber zustrebte; wir folgten ihr auf dem Fuße; sie begann zu rennen, immer schneller und schneller; ihr Atem ging stoßweise; sie keuchte; das Krönchen löste sich jetzt endgültig auf; das munter flatternde Kleid begann nach unten zu rutschen und das gekräuselte Haar wehte hinter ihr im Wind:

Rufus stürmte ihr leichtfüßig nach, während ich allmählich in Rückstand geriet und mir die Puste ausblieb; dann konnte die Süße nicht mehr; sie hatte sich gewiss schon zuvor verausgabt, als sie bis zum Amphitheater gerannt war:

Mit dem Rücken zu einer Hauswand aus rohem Backstein blieb sie stehen und sah Rufus, der seinen Schritt verlangsamt hatte, so dass ich aufholen konnte, mit weit aufgerissenen Augen entgegen.

Je näher ich kam, desto entzückender, desto süßer, desto

bezaubernder fand ich sie, wie sie da vor Furcht nur so schlotterte und die zahllosen Sommersprossen aus ihren kalkweiß angelaufenen Gesichtchen hervor stachen: Das abschätzige Urteil meines Freundes verkehrte sich ins Gegenteil.

Als wir schließlich endlich vor ihr standen, ließ sie die Arme kraftlos sinken, während ihre breiten Schultern wie im Krampf zuckten und bebten; sie öffnete und schloss dann mehrfach den roten Mund vor Grauen; ein Weinkrampf schüttelte sie so sehr, dass der gesamte Körper ins Beben geriet; schließlich streckte sie uns die Kehle entgegen, indem sie den Kopf in den Nacken legte und keuchte atemlos:

»Ich kann nicht mehr; ich gebe auf; ich will nicht mehr; so tötet mich, tötet mich doch! Stoßt eure Dolche in den Hals der elenden Frau! Macht kurzen Prozess mit der Gehetzten, damit ihre Qualen endlich zu Ende gehen!«

Das sagte sie und drückte sich stocksteif gegen die rohe Mauer in ihrem Rücken, den Mund weit aufgerissen, um den letzten Schrei des Lebens auszustoßen.

»Lieber, lieber Sokrates«, sagte Rufus gelassen, »das ist *dein* Fall; du kennst dich besser mit den Befindlichkeiten der Frauen aus; rede ihr gut zu! Und nebenbei bemerkt:

Deine Süße gehört *wirklich* zu den Bewunderern der Gladiatoren; gewiss hat sie sich schon oft genug mit dem Holzschwert[33] in der Hand auf die Gegnerinnen gestürzt.«

Ich wusste diesmal, was Rufus meinte, denn ich bin selbst gelegentlich im *Kolosseum* zu finden, wo der unterlegene Kämpfer dem Sieger tapfer die Kehle zum Todesstreich entgegen streckt:

»Mein liebes gutes Mädchen«, sagte ich mit möglichst sanfter Stimme und legte ihr vorsichtig den Arm über die Schulter, »du brauchst dich vor uns nicht zu fürchten; wir wollen dir ja nur helfen; das da ist mein Freund *Rufus*, Roms berühmtester

---

33 Die sogenannte rudis wird nur beim Training und in der prolusio (Aufwärmphase) vor den eigentlichen Kampf verwendet; während der prolusio konnten sich auch Amateure mit den Profis messen; dass es in Rom auch Gladiatorinnen gab, steht fest; man weiß aber kaum etwas von ihnen; ein Relief im Britischen Museum legt nahe, dass sie wie die männlichen Kollegen bekleidet (im Lendenschurz) und ausgerüstet fochten; ein unterlegener Gladiator muss in der Hocke seine Kehle zum Todesstoß hinstrecken und abwarten, ob ihn das Publikum nicht noch begnadigt, sonst ...

Privatdetektiv; sicher kennst du ihn oder hast schon von ihm gehört; er wird dich schützen; wir *beide* werden dich schützen.«

Mit diesen Worten nahm ich sie in die Arme und zog sie sanft an meine Brust; sie war um fast einen ganzen Kopf größer als ich, zitterte am ganzen Leib wie Espenlaub und schlang mir, einen Halt suchend, die Hände um den Hals; ihre Knie schlotterten und bearbeiten dabei meine Oberschenkel; die Zähne klapperten auf einander; schon befürchtete ich, sie könnte mir in Ohnmacht fallen.

Die Hitze ihres über und über schweißnassen Körpers durchdrang glühend meine dünne Sommertunika; ich drückte sie jetzt ganz fest an mich und spürte ihre Rundungen; sie legte ihre Wange an meine Wange, wobei sie sich zu mir herab beugen musste und heulte dann los; während sie den Tränen freien Lauf ließ, sah mein Rufus diesem Theater ein hübsches Weilchen belustigt zu, um dann trocken zu sagen:

»…und man muss kein Hellseher sein, um zu begreifen, dass der Tod hinter dir her ist, nicht wahr, mein Püppchen?«

»Ja«, flüsterte sie und hielt sich aus Leibeskräften an mir fest, so fest, als wollte sie mit mir verschmelzen:

»Ja, ich bin in Gefahr und habe Todesangst.«

»Angst? Wozu jetzt noch *Angst*?«, fragte Rufus, »mein Freund hat dir doch schon erklärt, wer wir sind; und wenn wir beide dich schützen, brauchst du keine Angst mehr zu haben.«

Sie nickte verstehend, machte sich dann von mir los und starrte misstrauisch auf Rufus; sie war *tatsächlich* hübsch, ganz besonders, wenn sie vor Furcht bebte und die Angst vor dem Tod in ihren zweifellos märchenhaft schönen großen dunklen Augen stand:

»Bist du … bist du … *wirklich* Rufus?«, fragte sie, »oder ist das alles nur ein Trick? Wollt ihr mir helfen, oder spielt ihr nur Katze und Maus mit mir?«

»Ich bin es *wirklich*«, sagte Rufus, »und wer in ganz Rom hat schon so feuerrote Haare wie ich?«

Sie atmete erleichtert auf, wenn auch nur für einen unendlich kurzen Augenblick, denn auf dem gegenüberliegenden Gehsteig schlenderte leichtfüßig ein hochgewachsener Mann vorüber; im Zwielicht des schwindenden Tages waren seine Gesichtszüge nicht mehr zu erkennen; er trug eine feine gegürtete Tunika und vornehme hoch geschnürte Sandalen, sogenannte *Calceï*.

Unter einem auffällig blonden Haarwust starrte er unverwandt zu uns herüber; Rufus bemerkte ihn als erster von uns dreien, drückte das Mädchen sofort an die Hauswand, stellte sich schützend vor sie und flüsterte:

»Kennst du diesen ... sagen wir mal ... *Germanen*?«

»Ja, er ist mir heute schon zweimal begegnet ... und ich bin jedes Mal vor ihm fort gelaufen, warum auch immer ... denn ich hatte das Gefühl ... irgendwie ... dass er mein Mörder ist.«

»Sokrates, bleibe bei deiner Süßen und stelle dich vor sie; ich will einstweilen die Gasse überqueren und mir den Burschen einmal vornehmen; *Germane* ist er übrigens nicht; nur ein eitler Geck mit blondiertem Haar; und von dieser abscheulichen Sorte laufen zurzeit nicht wenige hier herum.«

Bevor Rufus noch hinüber springen konnte, holperte ein langes Fuhrwerk gemächlich über das Pflaster und versperrte uns die Sicht; es waren zwei massige braunweiß gescheckte Ochsen, die einen langen Planwagen zogen und immer wieder brüllten, wenn der Kutscher sie mit dem langen *Stachel*[34] antrieb, denn seit die Sonne untergegangen war, trieben die schwer beladenen Karren wieder ihr Unwesen in Rom, weil die Metropole versorgt sein will; tagsüber hat unser Kaiser die Innenstadt nämlich seit langem für Fahrzeuge und Reiter gesperrt.

Leise fluchend musste Rufus warten, bis das lahme Gespann vorüber gezuckelt und rumpelnd um die nächste Ecke gebogen war; inzwischen war der unheimliche Mann verschwunden:

»Er könnte in jedem beliebigen Hauseingang auf seine Beute lauern; er hat die besseren Karten; *er* weiß, was er will; *wir* wissen nicht, was er vor hat; daher wollen wir das Mädchen in unsere Mitte nehmen und in Sicherheit bringen, denn auf uns hat er es ja nicht abgesehen; er hatte übrigens, was verboten ist, einen kleinen feinen Bogen unter der Tunika versteckt, wie jedem geübten Auge auffallen musste; und da wissen wir dies

---

34 Es ist ein langer zugespitzter Stock und heißt auf Lateinisch »stimulus«; davon abgeleitet unser »stimulieren«.

50

und das von seinen Plänen; hast du es nicht gesehen, Sokrates?«

Ich schüttelte den Kopf; *mir* war nichts aufgefallen; nur, dass der Kerl mit seinem Blondhaar und den ausgesuchten Kleidern und Schuhen auf mich einen irgendwie arroganten Eindruck gemacht hatte; misstrauisch blickte Rufus sich um; die Fassaden der Häuser verschwammen in der herein brechenden Finsternis; nur hier und da ein schwacher Schimmer aus einer der Fensterhöhlen, der sich matt auf dem Pflaster widerspiegelte; überall nur Stille, unheimliche Stille, *Todesstille*:

Keiner unserer Herrscher hatte es nämlich bislang fertig gebracht, die Hausbesitzer zum Aufstellen eines noch so kleinen nächtlichen Straßen-Lämpchens bringen ...

Was sollten wir tun? Wir rahmten die Frau von beiden Seiten ein und suchten gemeinsam den Weg zurück zum Großen Amphitheater, auf dessen Platz noch reges Leben herrschte:

Allüberall loderten Fackeln; die Kneipen waren voller Menschen; wir gingen zu unserem angestammten Lokal zurück, wo der schwarze Kellner, als er Sokrates das Manuskript gab, sich wunderte, dass wir eine so zauberhaft schöne Dame mitgebracht hatten und musterte sie mit zweideutigen Blicken von oben bis unten ... und jetzt erst im flackernden Schein der Fackeln, als ich seinen Augen folgte, fiel mir auf, wie hübsch das feine Hemd an ihrem feuchten Körper klebte ...

Wir setzten uns so, dass wir den gesamten Platz überblicken konnten, und dass Rufus in seiner Aufmerksamkeit nicht die Dauer eines einzigen Herzschlages erlahmen würde, wusste ich.

Ich hatte anderes zu tun; *er* saß zu ihrer Rechten, *ich* zu ihrer Linken und hielt ihre linke Hand mit meiner rechten Hand, beglückend ihren Gegendruck spürend, während sie sich vergebens bemühte, mit der anderen Hand das zu kurz geratene Untergewand ein Wenig weiter in Richtung der Knie zu zerren, wodurch es nur die obere Blöße vergrößerte.

Ich sah das; ich genoss das und legte ihr meine linke Hand flach und fest auf den Schenkel; er war warm und weich und wellig; sie zuckte ein Wenig zusammen, ließ es sich dann aber gefallen:

Hier, zwischen uns beiden sitzend, war sie vor Angriffen so

gut wie sicher; der unheimliche Mann ließ sich außerdem nicht mehr sehen; gewiss hielt er sich irgendwo unsichtbar im Hintergrund verborgen und wartete auf seine Chance.

Rufus bestellte ein heißes Getränk, halb Wasser, halb Wein; sie nahm den gläsernen Pokal mit der *linken Hand*, um es an den Mund zu führen; als sie es geschlürft hatte, begann sie am gesamten Leib zu zittern wie Espenlaub.

Rasch nahm ich ihr den Becher aus der flatternden Hand, sonst wäre er am Boden zerschellt; Rufus sah mir dabei zu, runzelte die Augenbrauen und hieß den Kellner, das große Glas sofort mit einem besonders feurigen *Merum Suave Sicilianum*[35] zu füllen; sie schlang die Finger beider Hände um den Stiel des Pokals und trank mit erschreckender Gier, und dann noch einen weiteren Becher, bis sich endlich das grausige Zittern legte.

Mein Freund warf er mir einen seltsamen Seitenblick zu; ich *als Arzt* wusste ganz genau, was er damit sagen wollte und nickte nur stumm verbissen; er sagte dann zu ihr:

»Nun, meine Liebe, jetzt, wo es dir allmählich besser geht, wäre es da nicht an der Zeit, uns endlich wissen zu lassen, wer du bist, oder willst du deine beiden neuen Freunde weiterhin im Dunkeln tappen lassen?«

»Ich bin ... ich *war* ... die Tochter des Neapolitaner Kaufmanns Gaius Fabius.«

»Aha, soso, na das ist ja etwas, denke ich«, sagte Rufus, dessen Gedächtnis und Wissen Seinesgleichen suchte, ungerührt:

»Dieser einst so berühmte Geschäftsmann aus *Neapolis* also, der den Ruin seines Unternehmens nicht überleben wollte ... vor gut zwei Jahren, das war dein Vater; demnach solltest du nach altrömischem Brauch *Fabia* heißen; gewiss wurdest du von Klein auf immer nur *Fabiola*[36] genannt, oder? Mein Sokrates und ich wollen dich fortan ebenso rufen, oder hast du etwas dagegen?«

»So ist es, ich heiße Fabia, genannt *Fabiola*«, sagte sie köstlich errötend, während ich ihre Hand fester drückte, »und mir

---

35 Merum Suave Sicilianum = unvermischter sizilianischer (starker) Süßwein: brave Römer mischten Wasser und Wein 1 : 1, um nicht so schnell ...
36 Fabiola = kleine Fabia; jede Tochter eines Herrn Fabius hieß damals so, und Fabius hießen viele Römer mit Zunamen.

blieb nach Vaters Tod – meine Mutter war schon ein Jahr zuvor gestorben – nichts als mein Schmuck übrig, dazu ein immerhin bescheidenes Vermögen sowie eine üppig gefüllte Kleidertruhe; so war das; so ist das; so bleibt das.«

»Du bist dann nach Rom übergesiedelt und hast du dich als Lehrerin bei einem unserer Lyzeen für höhere Töchter beworben, nicht wahr; ich tippe auf die hoch angesehene Lehranstalt am Hange des Aventinus; und ich sehe dich vor meinem inneren Auge vor der Klasse stehen und über *Homer* dozieren …«

»Du scheinst ja über hellseherische Gaben zu verfügen; sogar, dass Griechisch mein erstes Fach ist, hast du erraten«, sagte sie erstaunt, denn Rufus hatte wieder einmal mit sicherem Instinkt mitten ins Schwarze getroffen:

»Meine Eltern hatten mir eine hervorragende Bildung angedeihen lassen, besonders in den Belangen des alten Hellas, denn *wir* in Neapolis sind so etwas wie halbe Griechen, und so war ich in der Lage, nach Vaters Tod eine freien Stelle anzutreten; es wurde höchste Zeit, dass ich lernte, auf eigenen Füßen zu stehen.«

»…und du warst damals schon sechsunddreißig Jahre?«

»Nein«, sagte sie seufzend und wand sich dermaßen vor Scham, dass ich sie einfach wieder in den Arm nehmen musste:

»Ich war bereits siebenunddreißig, als ich zu arbeiten anfing, damals vor über zwei Jahren …«

Rufus warf mir einen vielsagenden Blick zu, ganz so, als wollte er sagen, wie hübsch sie doch zu lügen verstünde; ich biss die Zähne knirschend zusammen, hasste ihn dafür, hielt meine Süße umso inniger fest und erwiderte seinen Blick trotzig:

Wie die gütigen Götter es wollten, hatte ich mich in ein über fünf Jahre älteres Mädchen verliebt; ihr Atem, den ich genüsslich einsaugte, indem ich Wange an Wange legte, brachte mich an den Rand des Wahnsinns; doch dann fand ich, den Göttern sei gedankt, allmählich wieder zu mir und zu Verstand; ich schmunzelte plötzlich, streichelte ihr sanft über das wirr herunter hängende Haar und sah verstehend zu meinem Rufus auf:

»Du hast vollkommen recht, mein Bester«, flüsterte er mir

ins Ohr, »ihr beiden Niedlichen werdet ein gar drolliges Pärchen abgeben, du und deine *große* kleine Freundin, *hihihi*; aber wo die Liebe hinfällt ... und hübsch könnte sie trotz allem zu nennen sein, wären da, ja wären da nicht diese ... diese *ekligen Sommersprossen* ...«

Dann laut zu Fabiola:

»Wir haben im milden Schein der untergehenden Sonne hier am selben Platz gehockt und dich aus der Gasse da drüben springen sehen, hurtig wie die Gazelle, hinter der ein Löwe her ist; du hattest Angst, Todesangst; das konnte ein Blinder mit dem Krückstock sehen; sogar Sokrates hat es bemerkt, und das will schon etwas heißen; du bist dann vor uns davon gelaufen, als wäre der grässliche *Mors Thánatos*[37] persönlich hinter dir her; wovor fürchtetest du dich denn so sehr?«

Fabiola sagte eine Zeitlang nichts sondern blickte Rufus bewundernd an und schenkte mir überhaupt keine Beachtung mehr; seit sie die beiden großen Becher süßen Weines hinunter gespült hatte, war sie nicht mehr wiederzuerkennen und blühte unter seinen Blicken sichtlich auf; das ärgerte mich.

Ich ließ ihre Hand los und zog die andere Hand von ihrem Oberschenkel zurück; sie bemerkte es gar nicht; die frei gewordene Linke fiel ihr schlaff in den Schoß; sie himmelte Rufus an, diese *Schlange* und zischte erregt:

»Jemand will mich umbringen, ich weiß nicht wer, und als ihr beiden vorhin auf mich zu kamt, dachte ich, einer von euch wäre mein Mörder; nein, ich dachte, *du* wärest der Mörder; dein gesamtes Aussehen schrie mir zu, dass *nur du* der Mörder wärest, auf den ich warte; deinem Begleiter traute ich es nicht zu ... er ist ... er sieht ... ziemlich harmlos aus, ganz so, als könnte er keinen einzigen Mord begehen.«

»Welch' Ehre für meinen Rufus, das er etwas Mörderisches an sich hat«, dachte ich bei mir, »aber dass sie *mich*, den in Rom und Umgebung berühmten Herrn Doktor Sokrates, für harmlos hält und mir überhaupt nichts Böses zutraut, das ist eine unverzeihliche Unverschämtheit! Na warte, mein Honig-Püppchen, wir sprechen uns noch!«, dachte ich grimmig ...

Fabiola zeigte jetzt überhaupt keine Furcht mehr; ihre Au-

---

37 Rufus beliebt zu scherzen: mors (lat.) = Tod; thánatos (griech.) = Tod.

gen ruhten auf Rufus; gewiss fielen ihr neben dem Rotschopf seine unter buschigen Brauen liegende dunkelblauen Augen, die scharf geschnittene Nase und das markante Kinn auf.

Ich sah, wie sich ihre leicht wulstigen Lippen ein Wenig kräuselten, ganz so, als wollte sie ihn in Gedanken küssen, um dabei ein prächtig erhaltenes Gebiss zu zeigen; meine Miene verdüsterte sich zusehends, und ich wusste, was Rufus mir jetzt mit seinem stummen Blick sagen wollte:

Er und meine Süße wären das ideale Paar; hätte er nur Interesse an Frauen, dann wäre sie das passende Frühstück für ihn, aber da er nun einmal nicht das Geringste ...

Während ich das noch dachte und mich mächtig über die Arroganz des Freundes aufregte, störten stampfende Schritte die Stille des späten Abends:

Eine Patrouille der Stadtwache trampelte auf genagelten Stiefeln herbei, alle Mann bis an die Zähne bewaffnet, jeder eine lodernde Fackel in der Hand; allen voran ein Hauptmann, der heiser durch die gefletschten Zähne hindurch ein regelmäßiges *links!*« hervor quetschte, um die drei im Schein der Leuchten schimmernden Viererreihen hinter ihm auf den Gleichschritt einzuschwören.

Schon marschierten sie unmittelbar vor unserem kleinen Tisch vorüber, dass die Gläser nur so klirrten, ohne uns zu beachten; Rufus schien den Führer zu kennen, sprang auf und rief:

»Sei gegrüßt, mein lieber Galba!«

Verdutzt blieb der fesche Hauptmann stehen, und hinter ihm machte die militärische Kolonne auf der Stelle Halt; ich wusste, dass Rufus ihn kannte; sie hatten gelegentlich auf der Verbrecherjagd miteinander zu tun gehabt:

Rufus und er hatten manch einen Fall gemeinsam gelöst, wobei mein Freund seinen Anteil stets verschwiegen und den vollen Erfolg dem Mann der Stadtwache überlassen hatte; dieser wiederum war häufiger Besuch bei Rufus und übertrug ihm Angelegenheiten, welche die Stadtwache zu lösen nicht im Stande war:

»Sei gegrüßt, du Edelster der Sterblichen«, rief Galba strahlend und nahm vor Freude den Helm ab:

»Doch sage mir, mein Rufus, warum du dich zu später Stunde unter die Nachtschwärmer eingereiht hast; gewiss frönst du wieder einmal deinem edlen Handwerk; lass mich wissen, was du auf dem Herzen hast, und meine Männer werden jeden in Stücke hacken, der dir das Leben sauer macht! Und wer ist die Mieze da an eurem Tisch, diese da im luftigen Hemdchen, he?«

»Es ist *so*«, sagte Rufus umständlich und schüttelte ihm förmlich die Hand, »wir haben vorhin dieses Mädchen da aufgegabelt; sie behauptet steif und fest, jemand wolle sie umbringen und lauere irgendwo im Hinterhalt; ich hätte sie längst von hier fort gebracht, aber das wäre brandgefährlich, falls ihre Aussage stimmte.«

»Ha! Da sind wir ja zur rechten Zeit gekommen, ganz gleich, ob die Hübsche da nun spinnt oder nicht, denn das wird unser Tribunus (*Offizier*) schon noch aus ihr heraus holen«, sagte der Hauptmann und drehte sich dann zu seinen Leuten um, die augenblicklich Haltung annehmen:

»Männer, bildet die *Schildkröte* und nehmt die Wildkatze da in eure Mitte; ihr wisst, wie das geht, marsch, marsch! Und dann ab mit ihr aufs Revier zum *Tribunus Marcellus*; dort wollen wir mit ihm zusammen das Weitere erörtern.«

4. Im Revier der Stadtwache

Im Nu hatten die Männer eine Zweierreihe gebildet, die Schilde nach außen streckend; Rufus bugsierte Fabiola mitten zwischen sie; dann marschierten wir los, er und Galba an der Spitze; ich gesellte mich lieber zwischen die nach säuerlichem Schweiß stinkenden Wachsoldaten und ging unmittelbar hinter meiner süßen Schlange her, um ihr gelegentlich aufmunternd den vor mir hin und her schwankenden Hintern zu tätscheln, was sie mir zu meiner unbändigen Freude ohne Widerspruch durchgehen ließ.

Galba hingegen fauchte unablässig sein »*links! links!*«, und alle, auch wir zwei Hübschen, sahen uns zum militärischen Gleichschritt gezwungen; und in diesem kriegerischen Aufzug näherten wir uns schon dem benachbarten Quartier unserer städtischen Polizei, als Rufus plötzlich einen Schrei der Überraschung ausstieß:

»Da! Da ist er wieder!«

»Wer?«, fragte Galba.

»Der Mann, der uns schon in der Sichelmachergasse anstarrte.«

»Ist das verboten?«

»Nein; aber die Kleine meint, es sei der Kerl, der sie umbringen will; sie heißt übrigens *Fabia* und ist das einzige Kind des verstorbenen Unternehmers Fabius aus Neapolis.«

»Unternehmer Fabius? Nie gehört; auch noch aus *Neapolis*? Keine Ahnung. War noch nie dort. Soll ein herunter gekommenes Kaff sein, das voller Griechlein steckt. Hat sie Beweise?«

»Nein; aber sie behauptet, es zu *fühlen*; und er ist zum zweiten Mal da; das kann ich beschwören.«

»Fühlen?! So ein Quatsch! Darauf kann ich nichts geben; für mich zählen einzig und allein die Tatsachen; es wird wohl blanker Zufall sein; vermutlich hysterisches Weibergeschwätz; davon habe ich die Nase voll«, murrte Galba unwirsch, »aber ich will ihn einmal ansprechen; dann werden wir ja sehen, was Sache ist; erregt er meinen Verdacht, lasse ich ihn einbuchten: *Männer*, bleibt in Formation und macht Halt!«

Die Schildkröte verharrte auf der Stelle; ich nutzte die Gefechtspause, um mich von hinten an Fabiola heran zu schleichen; meine Hände machten sich, wenn ich das so sagen darf, selbständig auf der Suche nach bestimmten zarten Rundungen und glitten ihr frech unter das Gewand, um sie zu betasten; statt mir eine herunter zu hauen, schnurrte sie dazu wie ein Kätzchen und ließ es sich zu meiner heimlichen Freude gefallen, während sie eine schmale Lücke in der sie schützenden Wand aufsuchte, um nach dem gefürchteten Feind Ausschau zu halten, den Kopf wie zwischen zwei Zinnen hindurch steckend, mit der Kehrseite an mich gelehnt; jetzt erkannte sie ihn und erstarrte in meinen Armen vor Entsetzen:

Der große Blonde gegenüber aber nutzte die Gelegenheit, hatte blitzschnell Pfeil und Bogen zur Hand und zielte auf Fabias Brust oder Kopf; die Sehne sirrte; einer der Soldaten riss reaktionsschnell den Schild empor, und der Pfeil blieb surrend in ihm stecken, während meine Freundin einen schrillen Schrei ausstieß und mit der Ohnmacht ringend rücklings in meine Arme fiel; ihre Knie schlotterten, und ohne meine Hilfe wäre sie zu Boden gegangen:

»Verdammtes Schwein gehabt, du dummes Huhn; hast wohl den Verstand verloren!? Bleibe von nun an in Deckung!«, brüllte Galba aus vollen Lungen, beorderte zwei Soldaten an seine Seite und gab ihnen den Befehl, die Straße zu überqueren, um den Killer festzunehmen, aber der *Germane* hatte sich schon in wilder Flucht in eine Seitengasse gestürzt und war wie vom Erdboden verschluckt; der Mordanschlag war nur um Haaresbreite daneben gegangen.

Achselzuckend gab der Hauptmann das Kommando zum Weitermarschieren; wir gingen an einer *Latrina Publica*[38] vo

---

38 »Öffentliche Toilette«; i.d.R. handelte es sich um eine überdachte ummauerte Sitzgelegenheit, unter der ständig das Wasser strömte, um den Unrat, der hin und wieder aus den neben einander angebrachten kreisförmigen Löchern fiel, auf denen man hockte, in die städtische Kanalisation zu spülen; unterhalb der Sitzbank floss Wasser in einer schmalen Rinne; dort befanden sich Schwämme, mit denen man nach der Verrichtung bestimmte Stellen reinigen konnte.

Tagsüber bewachte gewöhnlich ein Sklave den Eingang, um den Toilettengroschen einzutreiben; der geizige Kaiser Vespasianus, der diese Abgabe eingeführt hatte, meinte lapidar, als sein Sohn Titus über das angeblich stinkende rüber, die sich durch ihren stechenden Gestank unangenehm bemerkbar machte, und Fabiola flüsterte verschämt, sie *müsse mal* und könne nicht mehr länger anhalten:

So kam es zur ersten militärischen Besetzung einer *Latrina Publica* in der gesamten römischen Geschichte: Vier Mann nämlich stürmten waffenklirrend das baufällige Gebäude und veranlassten mit Fußtritten zwei ekelhaft verwahrloste Vagabunden, die dort ihre Nacht verbringen wollten, zum Verlassen der duftenden Anstalt; dann erst durfte meine Süße hinein, um ihr Geschäftlein zu verrichten.

Ich ergriff die Gelegenheit beim Schopf und folgte ihr, um frech neben ihr Platz zu nehmen und mich zu erleichtern, während die römische Armee draußen Wache schob und Rufus dazu unüberhörbar kicherte.

Anschließend setzte sich unsere seltsame Marschkolonne wieder in Bewegung, und in kurzer Zeit hatte man das achtzehnte Revier der kaiserlichen Stadtwache erreicht; die Soldaten blieben draußen; Fabia, Rufus und ich wurden von Galba hinein geleitet:

Links saß auf einen hölzernen Stuhl ein verschlafener Beamter hinter einen mächtigen Tisch, auf welchem ein Öl-Lämpchen spärliches Licht verbreitete; Galba nickt ihm zu und sagte:

»Hallo, Marius! Ist der Tribunus noch da oder pennt er schon?«

»Glück gehabt. Im Obergeschoss; hat sich für'n Moment auf die Pritsche gehauen; nix los diese Nacht; nich' mal der kleinste Mord; will mal raufgeh'n und seh'n, ob er noch wach ist ...«

Gähnend stieg Marius die Treppe hinauf; ich sah ihm nur kurz hinterher und warf dann einen Blick auf mein Mädchen:

Sie hatte sich mittlerweile vollkommen beruhigt und zeigte keine Spuren der Panik mehr; hier in der Polizeistation fühlte sie sich sicher; sie sah zum Bildnis unseres Kaisers Traianus hinüber, das an der Wand prangte, und ich dachte nicht zum ersten Mal, dass es ein Glück war, unter seiner milden und dennoch energischen Herrschaft leben zu dürfen.

Und wie meine Fabia so aufrecht und stolz wie eine Statue

Latrinen-Geld maulte, »Geld stinkt nicht« und hielt ihm eine von dort stammende Münze unter die Nase, falls man dieser Anekdote glauben darf.

aus Erz da stand, begriff ich, warum Rufus sie von Anfang an für eine Lehrerin gehalten hatte und musste schmunzelnd daran denken, wie es wäre, wenn sie, den unvermeidlichen Rohrstock in der Hand, kerzengerade vor der Klasse stehend ihren Schülerinnen diese herunter gekommene Station der Stadtwache beschrieb, vielleicht sogar mit bissigem Humor gewürzt; ich *selbst* nahm dabei unwillkürlich Haltung an:

Mein Freund sah mir schmunzelnd und vielsagend in die Augen, indem er mich wieder einmal durchschaute:

»Rufus hatte von Anfang an recht, meine Süße; du bist die geborene Lehrerin«, sagte ich, während Galba mit einem vierschrötigen Mann in Zivil die Stiege herunter getrampelt kam:

»Mein *Marcellus*«, sagte er, vor dem Chef der Station stramm stehend, »das da ist eine gewisse Fabia aus Neapolis; Tochter irgend eines Kaufmanns von dort; Rufus hat sie vorhin aufgegabelt, warum auch immer; angeblich will sie jemand umbringen; immerhin hat man aus dem Dunklen heraus einen kleinen Pfeil auf unsere Kolonne abgeschossen, was aber nichts beweist, denn Dergleichen kommt gelegentlich vor; einer meiner geschulten Männer hat ihn übrigens mühelos aufgefangen, während sich der Schütze in der Finsternis der Nacht davon machte.«

»Der Soldat soll kommen und mir den Schild zeigen; hoffentlich hat er den Pfeil stecken lassen«, schnarrte der Tribunus mit herunter gezogenen Mundwinkeln, ohne sich um Fabiola zu kümmern; sie war wohl nicht sein Fall; er nahm keine Notiz von ihr.

Galba bellte einen Befehl; der Betroffene kam und legte seinen Schild samt darin steckendem Pfeil auf den Tisch; Rufus und Marcellus beugten sich darüber, um ihn zu untersuchen; die feine Spitze hatte die Platte durchschlagen und ragte auf der Rückseite um ein Fingerbreit hervor:

»Eine ungewöhnliche Waffe«, murmelte Rufus.

»Das kann man wohl sagen«, versetzte Marcellus.

»Filigran und nadelspitz, aus bestem Stahl geschmiedet; keine, wie sie die Armee verwendet; dort kann man solche Kurzstreckenwaffen nicht gebrauchen.«

»Spezialanfertigung für Verbrecher und Mörder aus irgendeiner Schmiede, die sich die Aufträge von der Unterwelt holt; ist dir Dergleichen schon einmal begegnet?«

Rufus zuckte mit den Schultern; Marcellus triumphierte:

»Na, mein Bester, da sind *wir dir* ausnahmsweise einmal einen kleinen Schritt voraus; noch weiß ich nicht, welche Werkstatt dahinter steckt; aber so wahr Jupiter unser Gott ist, ich werde den Schuft schon noch ans Kreuz schlagen lassen, denn er weiß, was er da fabriziert:

Der verwendete Bogen ist nur etwas länger als ein Unterarm, aus hervorragendem flexiblen Stahl geschmiedet und gut geeignet, unter dem Gewand verborgen getragen zu werden; ist die neueste Waffe für unsere professionellen Meuchelmörder; auf eine Distanz von zehn Doppelschritt (ca. 15 m.) von absolut tödlicher Durchschlagskraft; für mich der *zweite Fall* damit, und so bedarf es keiner weiteren Erläuterung: Der unbekannte Mann wollte deinen Schützling da *tatsächlich* töten.«

Er holte einen erbeuteten Bogen samt einem Köcher voller Pfeile, die dem oben genannten aufs Haar glichen, aus dem Schrank und reichte ihn Rufus; während dieser den Bogen bewundernd in den Händen drehte, sagte Marcellus:

»Das Zeug stammt von *Gaius Fimbria*; wir haben es bei einer Hausdurchsuchung gefunden, nachdem er schon im Knast saß; du kennst ihn natürlich und warst ja dabei, als wir ihn zur Strecke brachten; er verdiente sein Geld als Killer; leider hat er uns den Schmied nicht verraten, nicht einmal auf der Folter; immer diese Ganovenehre ... und übermorgen werden die Kampfhunde der großen Arena ihr Mütchen an ihm kühlen ...«

Marcellus schwieg verdrossen und sah auf Galba; dieser verriet Fabiola, was sie ohnehin schon wusste:

»Und das da ist mein Chef, der *Tribunus* Gaius Marcellus, Offizier der kaiserlichen Stadtwache.«

Fabiola lächelte ihn an, so süß sie nur konnte; er aber verzog keine Miene und musterte sie jetzt endlich, und zwar kalt, und das von oben bis unten, als wollte er ihr den Fummel, mit dem sie sich notdürftig bedeckte, *auch* noch ausziehen, petzte die Lippen zu einem Strich zusammen, schüttelte missbilligend den Kopf, wies stumm auf die Treppe und führte uns samt Galba hinauf, zuerst in das leere Vorzimmer, wo eine blakender

Kerzenstummel spärliches Licht verbreitete, nur um einen alten Schreibtisch voller Staub und Schmutz dürftig zu erhellen, dann hinüber in sein kaum besser beleuchtetes Büro, drei mal drei Doppelschritt (*ca. 4, 50 x 4, 50 m.*) groß, wo er sich leicht erhöht hinter einem alten, grässlich verschrammten Schreibtisch verschanzte, um wortlos auf uns drei hinunter zu starren.

Galba räusperte sich und schleppte zu den beiden schon vorhandenen klapprigen Stühlen zwei noch klapprigere hinein, so dass wir drei endlich Platz nehmen konnten; vorerst blieb der Hauptmann nämlich noch dienstbeflissen stramm stehen.

Marcellus sah fragend in einer Mischung von Schläfrigkeit und kalter Wut auf uns herab, insbesondere erneut meine Süße missbilligend musternd, welche es errötend bemerkte und am Saum des Kleides zu zupfen begann, um schließlich die Hände vor der Brust zu überkreuzen.

Marcellus beobachtete das mit grimmigem Vergnügen, grinste breit und wissend, ließ dann seine Blicke auf dem Untergebenen ruhen und wartete auf seine Auskunft:

»Mein Tribunus«, sagte Galba unnötiger Weise, »hättest du für uns einen kleinen Augenblick Zeit?«

Marcellus nickte; auch Galba setzte sich nun:

»Das da ist, äh, *Fabia*, Tochter des verstorbenen Unternehmers Fabius aus Neapolis; ich habe sie vor dem großen Amphitheater angetroffen, in Begleitung von Rufus und Doktor Sokrates; sie ist wahrscheinlich in Gefahr, umgebracht zu werden.«

»Einen Unternehmer dieses Namens kenne ich nicht; Neapolis interessiert mich nicht; ich kann diese Stadt voller Griechlein[39] nicht ausstehen; aber wie auch immer:

Fabia, erkläre mir jetzt endlich, in welcher Gefahr du angeblich schwebst, denn fürs Erste glaube ich nicht daran! Sei mir nicht böse, aber hysterische Frauen, die einen Verfolgungswahn haben und damit bei mir einschneien, kann ich nicht ausstehen.«

Fabiola gab keine Antwort, die Arme immer noch über der Brust verschränkt; es war alles so unwirklich, so verrückt; eben

---

39 In der Antike sprachen in Süditalien so viele Menschen Griechisch, dass man die Gegend als »Großgriechenland« bezeichnete; viele Römer konnten sie nicht leiden und nannten sie verächtlich »Graeculus – Griechlein«.

erst hatte jemand versucht, sie zu erschießen; sie blickte Rufus hilfeheischend an, ganz so, als ob sie sich fragte, wie und warum sie denn überhaupt hierher aufs Revier gekommen sei; ich sah ihr an, dass sie am liebsten vor diesem fürchterlichen Marcellus die Flucht ergriffen hätte wäre:

»Nun rede schon«, sagte Rufus ungeduldig, »sag' dem Tribunus alles, was du weißt und was dir widerfahren ist!«

Sie schüttelte nur den Kopf; es war zum Ersticken heiß hier im Zimmer; das Gewand klebte ihr wie eine zweite Haut am Leib; die Sehnsucht nach einem kühlen Bad setzte sich in ihrem Kopf fest, und der Durst meldete sich wieder, feurig brennend; wenn ihr nur jemand einen kleinen Schluck spendierte ...

Marcellus entfaltete bedächtig eine *Mappa* aus Leinen, um sich die Stirn zu wischen, murmelte etwas von *unerträglicher Augusthitze* und knurrte dann, während Fabiola die Arme wieder herunter nahm und schlaff hängen ließ, das Alberne und Sinnlose ihres Tuns begreifend, um sie dann übertrieben lässig auf die gebogene Lehne des Korbstuhles zu legen; Marcellus brummte:

»Es hat eurer süßen Puppe wohl die Sprache verschlagen; nun, mein lieber Rufus, wir beide haben gelegentlich schon einmal einen kniffligen Fall gemeinsam gelöst, und ich weiß, dass du uns immer einmal wieder behilflich warst, auch wenn *wir unsere* Methoden und *du deine* Methoden hast; indem du aber die große Kleine hierher verschleppt hast, muss etwas an der Sache dran sein; das will ich dir gerne glauben, doch ohne detaillierte Auskunft sind mir die Hände gebunden.«

»Liebe Fabiola«, mischte *ich* mich jetzt ein und nahm ihre Hand in meine Hand, »du musst dem Tribunus des Kaisers alles, aber auch alles sagen, was du weißt; erst dann kann er dir helfen; erst dann können *wir* dir helfen; Rufus und ich wissen doch selber noch kaum etwas über den Fall; willst du uns allen nicht endlich berichten, was Sache ist?«

Fabiola blickte unsicher von einem zum anderen, während sich ihre feinen und dennoch sehnigen Finger am oberen Saum des luftigen Kleides zu schaffen machten, um es über die dort entstandene Blöße hinauf und zum angestammten Platz zu hieven, wodurch es freilich im unteren Bereich gefährlich kurz wurde: Während der Tribunus seine Blicke auf ihren rosig schimmernden Schenkeln ruhen ließ, klappte sie den Mund mehrfach auf und wieder zu, um schließlich, feuerrot anlaufend, zu sagen:

»A-aber ... aber ... das lässt sich nicht in ein paar wenige Worte packen; und wenn ich alles erzähle, dann ... soll ich *wirklich* alles vortragen, um dann für verrückt erklärt zu werden? Vielleicht bin ich ja wirklich verrückt ...«

»Jetzt ziert sie sich auch noch, eure Flamme, und wie niedlich sie gekleidet ist, ganz so, als wäre sie gerade hinter dem Circus Maximus[40] auf Männerfang gegangen, hehehe!«, höhnte Marcellus und klatschte vergnügt in die Hände:

»Nun, erzähl' uns doch endlich, was wir wissen müssen«, sagte Rufus beschwichtigend, »und rede ganz so, wie dir der Schnabel gewachsen ist!«

Er lächelte sie an; *ich* lächelte sie an; sogar der grimmige Tribunus lächelte ihr jetzt aufmunternd zu und blickte ihr dabei ausnahmsweise einmal in die Augen; ich hatte plötzlich den Eindruck, dass Fabiola auf ihre unschuldige Weise seinen Gefallen gefunden hatte und er ihr nun wirklich helfen wollte:

»Gut, in Ordnung«, sagte sie, ohne dass sich an der göttlich leuchtenden Farbe ihres Gesichtes etwas änderte:

»Dann will ich euch die ganze Geschichte erzählen, und ich schwöre bei Jupiter, dass alles, was ich sagen werde, der Wahrheit entspricht; bitte, unterbrecht mich nur, wenn es nötig ist; nachher könnt ihr beliebige Fragen stellen.«

∗∗∗

Und sie erzählte uns ihre seltsame Geschichte.

---

40 Eine ziemlich unverschämte Anspielung dieses Offiziers, denn dort befand sich Roms traditionelles »Rotlichtviertel«.

5. Fabiolas Geschichte

»Um diesmal vollkommen ehrlich zu sein und keine Missver-
ständnisse aufkommen zu lassen:

Vor bereits *einundvierzig Jahren* und sieben Monaten wurde
ich auf dem elterlichen Landgut südlich von Neapolis als Tochter des Landwirts und Kaufmanns *Gaius Fabius* und seiner Frau
Cornelia geboren.

Ich war somit das einzige Kind eines reichen Elternhauses,
und mir wurde eine hervorragende Schulbildung zuteil:

Einerseits sprechen die meisten Neapolitaner Griechisch
als Muttersprache, andererseits sorgte mein in jeder Hinsicht
mehr als strenger Vater dafür, dass ich die besten Hauslehrer
für die *Freien Künste*[41] erhielt, eine Schulbildung also, wie sie
meistens nur Jungen zuteil wird, und das gereichte mir später
zum Vorteil ...

Auch sonst sah mein Vater in mir eher den *Sohn* als die Tochter und sorgte eifersüchtig dafür, dass ich mit jungen Männern
keinerlei Kontakt bekam, um nicht auf krumme Gedanken zu
kommen, und dem musste ich mich fügen, leider!

Er liebte es besonders, jeden Morgen in meiner Begleitung
auszureiten, um die Sklaven auf den Feldern zu beaufsichtigen,
und ich hatte bereits mit fünf Jahren ein eigenes kleines Pferd,
später eine feurige Stute; doch davon später mehr ...

Mutter starb früh; ich war erst sieben Jahre alt; sie verschied
unter ungeklärten Umständen; man fand sie auf dem Dachboden vor, an einem Balken baumelnd, die Schlinge um den Hals,
und es hieß, sie habe Selbstmord begangen; bald darauf kamen
einige Beamte der Neapolitaner Stadtwache zu uns ins Haus,
um den Fall zu untersuchen; Vater stand vorübergehend unter
dringendem Mordverdacht, denn es war allgemein bekannt,
dass sich meine Eltern nicht gut verstanden, aber meines Wissens konnte man ihm nichts nachweisen, und die Sache wurde
zu den Akten gelegt ...

Ich habe ansonsten kaum noch eine Erinnerung an sie, weiß
nur noch, dass sich Vater oft mit ihr stritt; manchmal hatte ich
den Eindruck, er hasste sie; meistens ging es dabei *um mich*,

---

41 Alle damaligen Wissenschafts- und Schulfächer zusammengenommen.

aber ich verstand nicht, was sie meinten und weiß es bis heute nicht.

Nur so viel konnte ich erraten: Vater hatte sich anscheinend gezwungen gesehen, meine Mutter zu heiraten, weil ich bereits unterwegs war, aber auch das weiß ich nicht genau genug, um es mit Sicherheit behaupten können.

Als ich achtzehn Jahre alt war, ging Vaters Firma Bankerott; ein Schiff war untergegangen; ferner hatte er sich verspekuliert; er wusste nicht weiter und hängte sich auf.

Unser Landgut wurde versteigert, und ich stand mit meinem kleinen ersparten Vermögen auf der Straße; nach kurzem Überlegen kehrte ich Neapolis den Rücken und ging nach Rom, wo ich am mehr als strengen Lyzeum für vornehme Mädchen, welches am Hang des Aventinus liegt, eine Anstellung fand, um dort bis vor acht Monaten zu unterrichten.

Es war eine trostlose Zeit; immer Dasselbe; immer das tägliche Einerlei; immer unter moralischer Aufsicht der Oberin; ich hauste primitiv im primitiven Lehrerinnen-Trakt, wo sonst? und sehnte mich nach dem Mann des Lebens, jeden Tag, aber es fand sich keine Gelegenheit, ihn kennen zu lernen, denn Männern ist der Zutritt zu unserer Anstalt untersagt, und manch eine meiner Kolleginnen, die sich mit einem Freund einließ und schwanger wurde, musste umgehend den Dienst quittieren ...

Als einzige Abwechslung gönnte ich mir alle paar Tage abwechselnd einen Nachmittag beim harten Training in der *Palaestra*[42] für Frauen oder am Frauenbadetag in den Thermen; der jetzige Kaiser besteht an beiden Orten leider auf strikter Geschlechtertrennung, und so waren wir junge Frauen stets unter uns, was für mich nur üble Folgen hatte ...

Frauen also, nichts als Frauen um mich herum, beruflich und in der Freizeit; kein Mann weit und breit, und einen jungen Spund auf der Straße einfach *anzuquatschen*, einfach unmöglich! Dazu war der Schatten meiner Erziehung zu lang; so blieb mir nur der gelegentliche Besuch des Großen Amphitheaters, wo ich die kaum bekleideten Athleten bewunderte; zurück zum Lyzeum:

---

42 Palaestra (griech.-lat.) = Sportschule.

66

Nicht wenigen der Kameradinnen oder besser: *Leidensgenossinnen* gefiel ich gut, *ausnehmend gut* sogar, denn damals war ich noch jung und auffallend hübsch, eine hervorragende Sportlerin und schwamm wie ein Fisch, aber meine Sehnsucht in den Armen einer der mich liebenden Frauen[43] zu stillen, war nicht meine Sache, auch wenn ich gestehen muss, dass ich es in meiner Verzweiflung und Einsamkeit einmal versuchte, um dann in den zärtlichen Armen einer Freundin zu verzweifeln.

So rauschten die Jahre dahin; mit ihnen schwanden Jugend und Hoffnung, und wenn ich mich *heute* im Spiegel betrachte, so wie die zornigen Götter mich schufen, packt mich grenzenloses Entsetzen, packt mich das Grauen ...

Als ich eines Nachts vor ungefähr acht Monaten grübelnd wach lag, auf den Rücken liegend, fühlte ich, als ich sie abtastete, in beiden Brüsten knotenartige Verhärtungen und erschrak bis auf den Tod; schon am nächsten Tag, an dem ich mir Urlaub nahm, eilte ich in die Praxis des stadtbekannten Doktors Lysippos, eines Arztes für Frauenkrankheiten ...

...und wurde auf der Stelle vorgelassen; ich berichtete ihm, was ich festgestellt hatte, er hieß mich die Kleider ablegen und untersuchte mich noch einmal, und das aufs Gründlichste; als ich mich wieder angezogen hatte, sah ich ihn versteinert aus dem Fenster starren; ich fragte, zu welchem Ergebnis er gekommen sei, und er teilte mir nach längerem Schweigen mit, ich litte leider unter unheilbarem Krebs.

»Wie lange noch?«, fragte ich ihn mechanisch.

»Vielleicht noch ein Jahr; *höchstens*; in den letzten drei Monaten werden die Schmerzen aber unerträglich ...«

Er versuchte, mich zu trösten, aber es war unmöglich; heulend und zähneklappernd verließ ich seine Praxis, nachdem er mir versichert hatte, dass kein Kraut der Welt gegen diese heimtückische Krankheit gewachsen sei; es war wie ein Todesurteil, gegen das es keine Berufung gibt.

---

43 Gleichgeschlechtliche Liebe war in der Antike von keinen Vorurteilen belastet und wurde von denjenigen, die so veranlagt waren, problemlos ausgeübt, ja, man hatte nicht einmal einen eigenen Begriff dafür; unsere Bezeichnungen wie »lesbische Liebe« oder »Homosexualität« sind modernen Ursprungs, ebenso das bei uns in Auflösung begriffene Tabu.

Ich war verzweifelt; ich war am Ende; erst jetzt bemerkte ich, wie sehr ich immer noch am Leben hing, mich immer noch nach einem lieben, lieben Mann sehnte, der mit mir Freud und Leid teilen könnte, und in welch unverantwortlicher Weise ich es bisher vergeudet hatte.

Ich fasste nun einen Plan, dessen Umsetzung ich kaum jemandem richtig erklären kann; ich muss wahnsinnig gewesen sein, als ich mich dazu entschloss; wie soll ich das nur erklären?

Es war ein kalter Januartag, als ich meine Stelle auf dem Lyzeum kündigte; ein paar Tage hockte ich noch in meinem Zimmer herum und starrte die Wände an; ich versuchte vergebens, mich mit der Tatsache abzufinden, dass der Tod auf mich wartete.

Meine Kolleginnen wussten, was mit mir los war; sie sahen es mir an; sie sagten es mir auf den Kopf zu; ich gestand es offen ein und berichtete ihnen darüber in allen Einzelheiten; so wurde ich Opfer des Klatsches, eines unerträglichen Klatsches, denn jemand hatte mich zum genannten Doktor gehen und später heulend aus seiner Praxis heraus kommen sehen:

Die Kolleginnen behandelten mich jetzt in einer Mischung aus Mitleid und Abscheu, ja, sogar voller Angst vor Ansteckung.

Ende Januar ging ich zu Gaius Spurcus, *Gaius, ille scorpio*[44] genannt; es ist Makler für Wetten aller Art; nebenbei betreibt er einen illegalen Spielsalon[45] ich kannte ihn nicht persönlich; aber sein besonderer Ruf war an und in meine Ohren gelangt.

Ich suchte ihn also auf und wurde von einem Sklaven in ein

---

44 Gaius, ille scorpio = Gaius, der Skorpion; hübscher Ganovenname.

45 Die Römer würfeln mit Knöcheln oder Steinchen = »ālea« bzw. »tālus«; die »tālī« besaßen 4 Flächen mit den Zahlen 1, 3, 4 und 6; 2 und 5 fehlten; es gab auch die gläsernen »abaculī«: Man nahm vier Würfel und schüttelte sie in einem Becher (»phimus; fritillus«) und ließ sie aus ihm durch den türmchenartigen mit einer inwendigen Treppe versehenen »pyrgus« oder die »turricula« (an der Seit der Tafel angebracht), auf die Tafel/das Würfelspielbrett (»alveus; alveolus; abacus«) hinab kollern: Der beste Wurf hieß »Venus«, wenn alle vier Würfel verschiedene Zahlen zeigten; der schlechteste »canis – Hund«, wenn alle eine 1 aufwiesen; Propertius 4, 8,45 f.: »Als ich durch die Würfel mein Glück versuchte, um eine ‚Venus‘ zu treffen, sprangen immer nur die verfluchten ‚Hunde‘ hervor«. Die »tessera« hatte 6 Seiten mit den Ziffern 1-6: Mit all diesen Würfeln spielte man verbotene Glücksspiele; z.B Horatius (Od. 3, 24, 58): »Sei es, du magst lieber (spielen) mit dem gesetzlich verbotenen Würfel«.

kleines aber feines Hinterzimmer geführt; dort saß er hinter seinem Schreibtisch und starrte mich wortlos aus eisblauen schräg stehenden Augen an, ein seltsam gekleideter Mann:

Er trug gallische Hosen, knalleng an den Schenkeln und darüber einen germanischen Kittel, der mit Gold verbrämt war; an jedem Finger blinkte ein Ring; eine Kette samt dickem Klunker um den Hals; und mit diesem Mann sprach ich dann über mein Vorhaben; er war einverstanden, nahm den Auftrag an und hat dann alles Nötige in die Wege geleitet ...«

»Das kann ich mir lebhaft vorstellen«, sagte der Tribunus und grinste breit beim Gedanken, dass dieses unbedarfte Mädchen ins Milieu der Ganoven und Zuhälter geraten war, »denn solch Kriminelle gibt es hier in Rom zu Hauf; machst du einen dingfest, ist es, wie wenn du der *Hydra* den einen Kopf abschlägst, und zwei neue wachsen nach; aber was wolltest du vom *Skorpion*?«

»Das zu erklären, fällt mir unsäglich schwer«, sagte Fabiola und schlug sich die Hände vor das Gesicht, um nach einer kleinen Weile folgendermaßen fortzufahren:

»Nun, ich hatte, wie gesagt, den Entschluss gefasst, der Schule den Rücken zu kehren; und aus diesem Grunde musste ich natürlich dort meine Bleibe räumen; daher sah ich mich nach einer neuen um und landete schließlich im berühmten und großen Hotel *Vineta*[46] am Hang des Palatiums, wo ich mein Zimmer für sieben Monate im Voraus bezahlte; meine Ersparnisse gaben das noch her; über die Tage danach machte ich mir keine besonderen Sorgen, denn mir war ja nicht mehr viel Zeit vergönnt ...

In den verbleibenden Tagen aber wollte ich mich rauschhaft ausleben; ich wollte all das genießen, all das nachholen, was mir bisher versagt geblieben war; ich wollte mit *Männern* ausgehen, *nur* mit Männern, frei von allen moralischen Zwängen, um mich mit ihnen hemmungslos ... denn von der sogenannten Liebe der Frauen hatte ich die Nase gründlich voll und ekelte mich davor; ich wäre in meinem Wahn sogar bereit gewesen, dafür zu *zahlen*, wenn ich nur gewusst hätte, wie das geht ...

Ja, so war es; ich habe mich dann Tag für Tag mit süßem

---

46 Vineta (lat.) = Weinberg.

Wein betäubt, den ich unvermischt in mich hinein schüttete, auch das habe ich in meinem Irrsinn getan, aber mehr als eine vorübergehende Bewusstlosigkeit, auf die heftige Kopfschmerzen und eine innere Leere folgten, was ich dann mit neuem Wein bekämpfte, kam nicht dabei heraus: Ich wollte nichts anderes als so wild leben, wie einst die Tochter des Kaisers Augustus,[47] aber ach!

Wenn der Tod dein Begleiter ist, wie kannst du dich da noch am Dasein erfreuen? Wie kannst du dich da noch mit Männern amüsieren? Nach einigen wenigen Tagen, die ich verheult auf meinem Zimmer verhockt hatte, ging ich, wie gesagt, zu Gaius, dem Skorpion, um ihm mein seltsames Anliegen vorzutragen ...«

Fabiola schwieg, schluckte und presste die Hände vor den Hals, der wie im Krampf zuckte; ein träge neben uns stehender Sklave wusste, was zu tun war, als ihm Marcellus einen Wink gab und reichte ihr einen Becher, halb mit Wein, halb mit Wasser gefüllt; sie trank gierig, den Pokal mit zittrigen Händen umklammernd, um sich die Kehle zu befeuchten; Marcellus zischte ungeduldig:

»...und was war das für ein Anliegen? Wolltest du dir etwa bei ihm einen Liebhaber mieten? Meines Wissens hat der *Skorpion* auch in diesem Geschäft seine Finger stecken; ich kenne das Bürschlein, und mir kannst du nichts vormachen.«

»Nein, das nicht; danach stand mir der Sinn schon längst nicht mehr. Ich ... äh ... ich wollte ihn fragen, ob er jemanden wüsste, der ... der mich ... mich ... *umbringen* könnte ...«

»Wie bitte?!«, schrie Marcellus, »das ist ja doch wohl das Verrückteste, was mir in meiner gesamten Dienstzeit zu Ohren gekommen ist; jemanden kaufen, dass er einen umbringt?!«

Eine Zeitlang herrschte betretenes Schweigen im Raum; dann fauchte der Tribunus:

»Wenn du blöde Kuh schon nicht mehr leben wolltest, warum hast du dich dann nicht einfach aufgehängt, wie das an-

---

47 Augustus, in jüngeren Jahren selbst verflixt weibstoll, hatte sich allmählich zum Moralapostel gemausert; nachdem er strenge Ehe- und Moralgesetze erlassen hatte, steckte er die lebenslustige mannstolle Tochter Iulia in die Verbannung.

ständige Menschen zu tun pflegen, wenn sie nicht mehr weiter wissen?«

»Ich weiß nicht; ich dachte daran, brachte es aber nicht über mich, ich war … zu feige dafür … und ich wollte nicht darauf warten, dass die Schmerzen überwältigend würden … ich … ich … ja, ich war ganz gewiss verrückt, als ich …«

Sie schluchzte und sah zu Boden, wo ihre Tränen einen Fleck hell aufleuchten ließen; sie verstummte jetzt; wir alle schwiegen betreten; schließlich nahm Rufus das Wort und sagte ganz leise:

»Das verstehe ich gut, meine liebe Fabiola, und die Endphase dieser … dieser … äh … schrecklichen Krankheit ist grausam; aber wenn ich mir zuvor noch eine Bemerkung erlauben und dir widersprechen darf:

Du bist trotz deiner einundvierzig Jahre eine bezaubernde, reizende, begehrenswerte und höchst bemerkenswerte Frau, eine so hübsche und kluge, wie sie sich ein Mann nur wünschen kann, und du siehst alles andere als krank aus:

Du gingst also zu diesem *Gaius, der Skorpion;* ich kenne ihn übrigens flüchtig und hatte voriges Jahr bei der Aufdeckung eines verzwickten Falles Kontakt mit ihm; ein windiger Zeitgenosse; er war in ein Verbrechen verwickelt, aber man konnte ihm nichts nachweisen; du fragtest ihn also, ob er jemanden wüsste, hier in unserem guten alten Rom, dieser *Jauchegrube*[48] *des Römischen Reiches, wo aller Unrat der Welt zusammen strömt,* der dir zu einem bestimmten Termin das Lebenslicht auspusten könnte, nicht wahr? Und wie ging die Sache dann aus?«

Ehe Fabiola noch antworten konnte, pfiff Marcellus verächtlich durch die Zähne und sagte mit vor Hohn schneidender Stimme:

»Hehehe! Und dieser *Scorpio* sagte dann in aller Schlichtheit und Bescheidenheit:

„Wunderbar, meine liebe gute Dame, du willst einen Mordvertrag abschließen, und ich soll ihn vermitteln; na, da will ich dich mal mit einem unserer für solche Dinge zuständigen Mitarbeiter verbinden.“

---

48 Rufus zitiert hier die römischen Schriftsteller Sallustius Crispus und Cicero.

Woher kanntest du diesen ekligen Kleinganoven denn überhaupt? Vorhin behauptetest du noch, mit ihm persönlich nichts zu tun gehabt zu haben, bevor du ihn ...«

»Seine Tochter war in meiner Klasse gewesen; er wollte, dass sie einmal etwas Besseres würde; und ich hatte sie immer gut behandelt; eines Tages schrieb mir dieser Gaius, dass ich jederzeit einen Wunsch bei ihm offen hätte; so war das; und darum beschloss ich, ausgerechnet *ihn* um diesen Gefallen zu bitten; sonst war mir ja auch kein entsprechender Herr bekannt.«

»Aha«, sagte Marcellus kalt, »und ich werde diesen edlen Herrn *Scorpio* gleich morgen früh verhaften und einsperren lassen; wo kämen wir denn hin, wenn hier in unserer gemütlichen kleinen Stadt ein *Mordbüro* duldeten: Welches Angebot hat er dir gemacht; was hat er dir geraten? Wie viel Moneten hat er verlangt?«

»Nichts; von allem nichts; er hat nur eine Adresse auf ein Blatt gekritzelt und es mir gegeben; mit diesem Fetzen in der Hand ging ich zurück in mein Hotel, um die Sache noch einmal zu überschlafen; nach einer schlaflosen Nacht hatte ich mich dann entschieden und beschloss, *den* Mann aufzusuchen, dessen Adresse mir Gaius gegeben hatte; er hieß oder besser: *nannte* sich *Titus Sordidus*[49] und war der Besitzer der kleinen Gladiatorenschule, eine Viertelmeile hinter dem berühmten Stadion[50] des Domitianus.«

Rufus schnaufte verächtlich und rief:

»*Gladiatorenschule* nennst du das?! Diesen Ort, wo Roms Totschläger ausgebildet werden?! Diese Schule der künftigen Verbrecher und Mörder? Für noch keinen einzigen seiner sogenannten Gladiatoren hat Sordidus, den kennen zu lernen ich ebenfalls schon das zweideutige Vergnügen hatte – es hat ihn übrigens einen Zahn gekostet – die Zulassung für das Große Amphitheater erhalten; nun gut, du bist mit Scorpios Empfeh-

---

49 Titus Sordidus = Titus, der Schmutzige oder der Schmutzige Titus; ein goldiger Ganovenname.
50 Die heutige Piazza Navona: Unter einem Stadion versteht man in der Antike eine ca. 200 m. lange Laufbahn für Sprinter, an deren Flanken eine Tribüne errichtet sein kann; das Stadion ist auch ein Längenmaß für Entfernungen.

lung dort angekommen; und was geschah dann? Wie ging es weiter?«

»Ich kam im Laufe des Vormittags dort an; einige Kämpfer, allesamt nur im knappsten Lendenschurz und mit der typischen Gladiatoren-Ausrüstung, tänzelten und hüpften leichtfüßig um einige eingepflanzte Pfähle[51] herum und schlugen mit der Präzision eines Hammerwerkes mit stumpfen Schwertern gegen die Stämme, dass es nur so krachte, während andere mit dem Holzschwert aufeinander losgingen und sich zünftig prügelten.

Sogar ein paar *Frauen* waren zu meinem Erstaunen mitten unter ihnen, als richtige *Gladiatorinnen* kostümiert und mischten munter mit, manchmal sogar gegen Männer fechtend; alle Gattungen der Arena waren vertreten, wie ich sehen konnte, nur die *berittenen* Athleten nicht.«

»Soso, aha, na sieh mal an«, murmelte sich Rufus in den Dreitagebart, »das dachte ich mir schon, dass unsere liebe unschuldige Fabiola etwas von diesem blutigen Handwerk versteht« und warf mir einen bestimmten Seitenblick zu; ich wusste, was er meinte und nickte verstehend, während sie einigermaßen verwirrt drein blickte, weil sie sein garstiges Flüstern irgendwie aufgeschnappt hatte, um dann fort zu fahren:

»Ich fragte einen kleinen, ekelhaft fetten Mann, der müßig herum stand und genüsslich den Gladiatorinnen zusah, wo ich einen gewissen *Titus Sordidus* finden könnte; er entgegnete, es gebe hier nur einen *Titus Aemilius*, und der sei er selber; wenn ihn manche den *Sordidus* nennten, sei das ihre Sache …

Ich sagte, Gaius, der Skorpion, schicke mich zu ihm, um mit ihm einen Vertrag abzuschließen; er war gar nicht erstaunt darüber und nahm mich mit in sein Büro; als er die Türe hinter mir geschlossen hatte, berichtete ich ihm alles und fragte ihn nach dem Preis, wenn er einen Mörder auf mich ansetzen wolle; als Datum meiner Ermordung, sagte ich, wünschte ich mir die Iden[52] des kommenden Augustus, wobei es auch der Tag da-

---

51 Der Pfahl heißt auf lat. palus; danach benannt der Rang des einzelnen Gladiators; ein Gladiator der ersten Klasse heißt »primus palus – erster Pfahl«.
52 Die Iden sind die Monatsmitte; beim August der 15.

vor oder danach sein könne, und die Iden des Augustus sind morgen.«

»Und dieser Sordidus war einverstanden?«, fragte Rufus:

»Nicht sofort; zuerst hielt er mich für verrückt und wollte sich weigern; vielleicht vermutete er auch eine Falle; ich musste ihm also alles erklären, bis er begriff, warum ich ausgerechnet zu ihm gekommen war; nach einigem Zögern war er einverstanden; ich hatte ihm drei bunte Portrait-Bilder mitgebracht, die mir ein Straßenmaler angefertigt hatte, damit mich der Mörder erkennen könnte; und so kam es dazu, dass ich den morgigen Tag als meinen Todestag festgesetzt habe, versteht ihr das?

Ab September, hatte mein Arzt nämlich gesagt, sollten die unerträglichen Schmerzen über mich kommen ...«

»Und was nahm dieser Sordidus für seine Dienste?«

»Zweitausend Sesterzen; beinahe den gesamten Rest meines verbliebenen Vermögens.«

Marcellus pfiff durch die Zähne; Rufus sah zur Zimmerdecke, und ich konnte mich nicht eines empörten Zwischenrufes enthalten: Zweitausend für einen Mord!

»Und wie ging es dann weiter«, fragte der Tribunus trocken:

»Ich hatte mich, wie gesagt, im *Vineta* eingemietet, um das Leben noch einmal in vollen Zügen zu genießen, aber daraus wurde nichts; ich hatte zu nichts mehr Lust und hockte nur einen Tag nach dem anderen in meinem Zimmer herum und heulte mir eins; ja, ich ging nicht einmal mehr ins Amphitheater, um mir die prächtigen Recken anzuschauen, die ich sonst so bewundert hatte; ich saß nur noch da und wartete, dass die ersten Boten des Todes in meinen Eingeweiden zu wühlen begännen, und eine Zeitlang fühlte ich mich auch richtig sterbenselend, genau so, wie es mir der Arzt vorhergesagt hatte, aber das war eine Selbsttäuschung ...

Es kam mit Macht der Frühling, welcher mein letzter sein sollte, und die Schmerzen waren verschwunden; ich ging am Tiber-Ufer spazieren und genoss das Konzert der Vögel in den blühenden Bäumen und vergaß für kurze Zeit alles, was mich bisher bedrückt hatte; ich fühlte das Leben in mir wieder erwachen; sogar ins Theater ging ich, und als die erste Hitze des

Frühsommers übers Land zog, kaufte ich mir von meinem letzten Geld einen zweiteiligen Sportlerinnendress,[53] um im Tiber zu schwimmen und mich danach allen möglichen Sportarten hinzugeben, in der olympischen Sportschule für Frauen, wo man gar nichts anzuziehen braucht ...

Als ich den Fluss mehrfach durchquert hatte und auch beim Langlauf und Diskuswerfen nicht ermüdete, sagte ich mir, vor neu erwachter Lebenslust strotzend, dass von Krankheit doch wohl keine Rede mehr sein könnte und suchte endlich wieder die geliebte *Palästra* auf, wo ich mir die gepolsterten Handschuhe über die Fäuste streifte, um mich mit erheblich jüngeren Frauen im Boxkampf zu messen:

Mein überschäumender Lebenswille sorgte dafür, dass eine nach der anderen von mir zu Boden geschlagen wurde und dort bewusstlos liegen blieb, Blut vor dem Mund, bis es keine einzige mehr wagte, es mir aufzunehmen; besondere Schwierigkeiten hatten sie freilich schon deshalb, weil ich stets mit der *linken* Faust zuzuschlagen pflege ...

...aber auch im Ringkampf war ich nicht zu bezwingen und schleuderte eine nach der anderen aufs Kreuz; ich hätte sie *töten* mögen, wären sie mir nur in der Arena gegenübergestellt gewesen, so unbändig und grenzenlos *verabscheute* ich sie ... so sehr *hasste* ich ihre unverbrauchten jungen *gesunden* Körper, die sie mir kaum verhüllt vorführten ...

...und es war mein innigster Wunsch, im Kolosseum gegen sie als Gladiatorin auftreten zu können, denn ich fühlte, dass das *Töten* für mich *Leben* bedeutete ...

...und ich sehnte mich plötzlich wieder nach einem Pferd;

---

53 Wir wissen vom römischen Frauensport noch weniger als von dem der Männer; Abbildungen auf Mosaiken zeigen jedoch, dass es tatsächlich Athletinnen gab, und das wohl in allen damaligen Sportarten; sie trugen dazu einen Zweiteiler, der sich vom modernen Bikini kaum unterscheidet; sogar Gladiatorinnen traten auf; ein Relief im Britischen Museum zeigt zwei von ihnen in der Ausgangsstellung kauernd, einzig und allein mit dem Lendenschurz der männlichen Kollegen bekleidet, bereit, sofort aufeinander einzustechen: Feine Damen mieden all die oben im Text genannten Sportarten oder trauten sich nicht; Fabiola ist mit den Augen der damaligen Zeit betrachtet, eine wilde Emanze.

in meiner Jugend waren meine gescheckte Stute *Incitata*[54] und ich ein Herz und eine Seele gewesen, ja, ich liebte sie inniglich:

Vater hatte mir Reitzeug machen lassen, wie es die Kavalleristen der Armee tragen, und ich ritt neben ihm daher, mit gespreizten Beinen wie ein Mann; dabei galoppierte wir fast jeden Tag durch Wald und Feld; meine Incitata war mir mehr als Ersatz dafür, dass ich keinen Mann lieben, keinen zu mir passenden Freund finden konnte oder durfte; doch nach Vaters plötzlichem Tod war Schluss mit dem Reitsport ... und jetzt dachte ich, wie schön es wäre, wieder einmal ... aber ach! Ich wartete ja auf den Tod!

Ja, schon war es Ende des Monats Julius, als ich mich endlich dazu überwand, Doktor Lysippos noch einmal aufzusuchen; er war bass erstaunt, mich so munter anzutreffen und untersuchte meine Brüste zum zweiten Mal, wieder aufs Genaueste:

Kein einziger Tumor mehr war zu finden; er lief knallrot an, murmelte etwas von einer seltenen Art von Wasserknoten, welche sich gewöhnlich von selbst wieder auflösten und gratulierte mir zur wieder gewonnenen Gesundheit; ich sei eine kerngesunde junge Frau und könnte hundert werden, sagte er, als er mir zum Abschied herzlich die Hand schüttelte.

Ich eilte sofort zur Sportschule des *Sordidus*, um den Vertrag rückgängig zu machen, aber er war spurlos verschwunden, und niemand wusste, wo er geblieben war; ich fand nur einen schwarzen Sklaven vor, der dort den Unrat zusammen fegte.

Als ich ihn nach *Aemilius* fragte, behauptete er, nichts zu wissen; die Gladiatoren-Schmiede, so er, sei auf unbestimmte Zeit geschlossen, und sobald er seine Arbeit beendet habe, werde er von hier verschwinden, um zu seiner Leiharbeiterfirma zurück zu kehren:

Mit Aemilius hatten auch all seine Athletinnen und Athleten, die dort kürzlich noch herum tobten, die Gladiatoren-Anstalt verlassen, und sie lag nun in einer gespenstischen Einsamkeit und Stille da.

Was jetzt? Was soll ich tun? Da ich den Vertrag nicht mehr rechtzeitig auflösen konnte und meinen Mörder nicht kenne,

---

54 Incitata = die Angespornte, ein Heißsporn; hübscher Pferdename.

werde ich wohl bald sterben müssen, höchstwahrscheinlich morgen, denn morgen sind die Iden des Augustus, und seit heute hat der Mörder den Auftrag, mich umzubringen:

Wenn Rufus und Sokrates mich nicht zufällig auf dem Platz vor dem Kolosseum erblickt hätten, wäre ich gewiss schon tot; denn kurz zuvor lag ich noch auf dem Bett in meinem Zimmer, von Todesangst geschüttelt und wegen der grässlichen Augusthitze nur im Lendenschurz, als ich jemand in der bleiernen Stille des Mittags die leise knarrende Treppe zu meinem Zimmer hinauf steigen hörte.

Da es der Mörder sein konnte, schlüpfte ich, so rasch es ging, in dieses Unterkleid da, ließ die Palla einfach am Haken hängen, streifte mir diese Sandalen da an die Füße, notdürftig nur, wie man sieht und schlich aus dem Zimmer heraus, um mich in Dämmerlicht und Dunkelheit am Ende des langen Ganges zu verbergen; ein mächtiger dort bereit stehender Lehnsessel, hinter dem ich hervor lugte, gab mir Deckung.

Nicht lange dauerte es, und ein großer hellblonder Mann kam herauf, aufs Teuerste und Geschmackvollste gekleidet, ein herrlich jugendlicher Athlet von göttlicher Schönheit, ein Mann, wie ich ihn nur in meinen Träumen erlebt und herbei gesehnt hatte, und für die Zeit weniger Herzschläge war es mir, als müsste ich mich in seine Arme stürzen; danach überkam mich lähmendes Entsetzen:

Er trat nämlich mit katzenhaft elegantem Sprung meine splitternde Zimmertür ein, um mit dem aufblitzenden Dolch in der Hand hinein zu stürzen.

Ich nutzte die Gelegenheit, während er sich dort drinnen vergeblich nach mir umsah, um in wilder Flucht die aufschreiende Treppe hinunter zu rennen und die nächste Gasse zu gewinnen.

Als ich schließlich keuchend vor dem himmelhohen Kolosseum zum Stehen kam und mich in alle Richtungen umblickte, ohne jedoch meinen Verfolger zu sehen, kamen diese beiden Herren auf mich zu.

Ich rannte in Panik vor ihnen davon, bis sie mich schließlich einholten; am Ende meiner Kräfte, lehnte ich mich halb erstickt an eine Hauswand; schon erwartete ich den Todesstreich und streckte ihnen tapfer meine Kehle entgegen, da erklärte mir dieser Sokrates da, dass sie zu meiner Rettung gekommen seien.«

***

Mit diesen Worten beendete Fabiola ihren Bericht.

6. Die Nacht im Hotel

Fabiola blickte den vier Herren jetzt trotzig in die Augen; sie hatte sich in Wut geredet; ich sah meinem Freund an, dass er sie bewunderte und von ihr eingenommen war; *ich selbst war ganz hingerissen von dieser Honigpuppe*; Marcellus schnippte mit den Fingern, und der Sklave brachte eilends Gläser und eine große Karaffe, gefüllt mit süßem Wein, der mit warmem Wasser verdünnt war, herein; wir prosteten einander zu; Fabia ließ sich einen zweiten Kelch einschenken und leerte ihn auf *einen* Zug; ich legte meiner Entzückenden den Arm über die bloßen Schultern und sagte:

»Auch wenn das mit dem abscheulichen Pfeil nicht geschehen wäre, ich glaubte dir trotzdem, Fabiola; du bist zweifellos in großer Gefahr; und jetzt müssen wir gemeinsam beraten, was zu tun ist; was meinst du, Rufus? Habe ich nicht recht?«

»Ja«, sagte mein Freund vorsichtig, »unsere Fabia hat nun einmal diese Dummheit gemacht, diese unverzeihliche, und wir haben es hier ganz gewiss mit einem ausgekochten Berufskiller zu tun, der sein Handwerk versteht:

Er weiß natürlich nichts davon, dass sein Opfer den Vertrag annullieren möchte und bereit ist, dafür zu zahlen, und keiner kann ihm davon berichten; daher wird er sich jetzt alle Mühe geben, seinen Auftrag zu erfüllen.

Selbst wenn wir Fabiola die nächsten Tage noch so akribisch bewachen, bringt uns das nicht weiter, denn solange sie lebt, wird ihr der Killer nach dem Leben trachten; davon hängt seine Ehre, aber auch sein künftiger beruflicher Erfolg ab; unsere einzige Chance besteht also darin, herauszufinden, wer er ist und ihm rechtzeitig das Handwerk zu legen; nur ein toter Killer ist ein guter Killer.«

Marcellus schnaufte hörbar auf:

»Wie stellst du dir das vor, mein Lieber? Rom hat weit über eine Millionen Einwohner; und keiner von ihnen läuft herum und ruft den Leuten zu, er sei Fabias Mörder und wolle umgehend den Bestien im Kolosseum vorgeworfen werden ...«

»Aber«, sagte ich, »der den Pfeil abschoss, hatte auffällig blondes Haar, und wir waren ihm *schon einmal* begegnet.«

»Pah! Blond ist gerade in Mode; die Hälfte der betuchten Frauen und ein Viertel der Männer läuft lächerlich *germanisch* aufgemacht herum; und was habt ihr beiden sonst noch wahrnehmen können, he?«, fragte Marcellus mürrisch.

»Nichts«, entgegnete Rufus, »denn es war schon viel zu dunkel; außer, dass er von beachtlicher Größe und auffällig athletischer Statur war; ferner, lieber Sokrates, wage ich Marcellus zuzustimmen, dass sich Haare jederzeit färben lassen; vielleicht trägt er ja jetzt, wo er sich von uns als Blondschopf erkannt sieht, wie zahllose andere Leute eine gallische *Caracalla*[55] und zieht sich die entsprechende Kapuze übers Haupt.«

»Hehehe! Und das bei dieser Affenhitze! Im Grunde wissen wir also *gar nichts*«, höhnte Marcellus.

»Ganz so ist es nicht«, sagte ich zögerlich, »wir kennen ja immerhin die beiden Mittelsmänner, sozusagen Fabias Vertragspartner; bei *ihnen* müsste man den Hebel ansetzen: *Gaius Spurcus*, genannt der *Skorpion* und dann der Inhaber der zwielichtigen Gladiatorenschule, ein gewisser *Titus Aemilius*, alias der *Sordidus*, welcher – den Göttern sei es geklagt – leider untergetaucht ist; so sollten wir uns zunächst den *Skorpion* vorknöpfen; ist er nicht Inhaber eines illegalen Wettbüros?«

»*Nein*«, mischte sich Galba mit Nachdruck ein, »er *war* es; soweit ich weiß, hat ihn heute Vormittag jemand umgelegt; sicher bin ich mir freilich noch nicht, ob der Tote mit dem *Scorpio* identisch ist; aber da du, meine liebe gute Fabia, mit ihm ja bestens bekannt bist, könntest du uns vielleicht helfen, ihn zu identifizieren.«

»Oh, ihr gütigen Götter«, murmelte Rufus, »was ist denn *da* wieder vorgefallen?«

»Nichts Besonderes; nur das Übliche: Es war eine Streife von uns auf irgendein tierisches Schreien aufmerksam geworden und ging in das Haus hinein, aus welchem die grässlichen Geräusche kamen; als sie dort eingedrungen waren, verstummte das Kreischen; schon wollten sie umkehren; doch einer der beiden Soldaten war mutig genug, weiter in das unheimliche

---

55 Caracalla: Eine Jacke mit Kapuze (Mode aus Gallien); ein römischer Kaiser, der dieses Kleidungsstück gerne trug, erhielt den Spitznamen Caracalla; bis heute kennt man die von ihm errichteten Caracalla-Thermen.

Gebäude vorzudringen; und er hatte gut daran getan: Drinnen angekommen, fand er nämlich einen Mann, dem der Mörder die Kehle durchgeschnitten hatte, von Ohr zu Ohr; der Tote lag mit ausgebreiteten Armen auf dem Rücken, *vollkommen nackt*, was uns die Arbeit erschwerte, seine Identität festzustellen; um ihn herum eine sich ausbreitende Blutlache ...

Ich habe ihn in den Keller unserer Station bringen lassen, wo er zwischen dem Eis liegt, das wir in solchen Fällen aus einem unterirdischen Stollen[56] heraus holen, wo es nur darauf wartet ...«

»Gut«, sagte Marcellus, »schön, unsere Fabia soll sich den Toten einmal ansehen.«

»Ist das nicht zu viel von ihr verlangt? Wollt ihr, dass sie dabei umkippt?«, fragte ich.

»*Keinesfalls*«, grummelte Rufus, »es ist aber in ihrem eigenen sowie im allgemeinen Interesse, dass wir Bescheid wissen; wie ich erst kürzlich herausgefunden habe, verdiente sich dieser *Skorpion* sein Geld hauptsächlich mit der Vermittlung von Mordaufträgen; da er aber in kein einziges Verbrechen *unmittelbar* verwickelt war, hatten wir bislang keine Handhabe gegen ihn; ich vermute, er ist jetzt einem Racheakt zum Opfer gefallen, was in diesem Beruf auf Dauer unvermeidlich ist.

Wahrscheinlich liefen seine Aufträge auch diesmal zur Ausführung über die Gladiatorenschule des Aemilius, genannt *der Schmutzige*; unklar ist noch, ob die beiden als selbständige Unternehmer arbeiteten oder einem Syndikat angehörten; aber auch das werde ich noch herausfinden:

Sollte der *Skorpion* aber tatsächlich das Opfer eines Mordes geworden sein, wonach es ja aussieht, deutet es meiner Meinung nach darauf hin, dass er einer entsprechenden Organisation angehörte und zu viel wusste; ich denke, man fürchtete, er könnte *singen*, nachdem man herausgefunden hatte, dass wir gegen ihn ermittelten; doch jetzt wollen wir uns die Leiche erst einmal anschauen; meine liebe Fabia, traust du dir das zu?«

Fabiola nickte stumm und bleich; von Galba angeführt, gin-

---

56 Vor Erfindung der elektrischen Kühlung waren solche Eiskeller üblich; man stopfte sie im Winter voll und hoffte, damit über den Sommer zu kommen.

gen wir die steinerne Treppe hinunter in den zwei Stockwerk unter der Erde liegenden Kühlraum, wo Marcellus das Tuch von einer Leiche zog und fragend zu Fabiola aufblickte.

Es war unangenehm feucht-kalt im rohen Tonnengewölbe; ihr fröstelte; ich sah die Gänsehaut auf ihren unbedeckten Schultern und Schenkeln; sie überkreuzte die Arme vor der Brust; ihre Knie begannen zu zittern; die Zähne klapperten; sie hielt sich plötzlich die Hände vor das Gesicht und würgte:

»Ist er das oder nicht?«, zischte der Tribunus mitleidlos.

»Er ist es, oh ihr Götter, er ist es! Wie grässlich er zugerichtet ist!«, stöhnte Fabiola, »und ich glaube, mir wird schlecht; ich glaube, ich muss mich übergeben; ich glaube, ich falle um.«

»*Unsinn*«, herrschte Marcellus sie an:

»Reiß dich gefälligst zusammen und sage dir nur immer wieder, ,*mir wird nicht schlecht*‘, dann wird es schon gehen; Tote beißen nicht; der übelste Schuft ist harmlos, wenn er tot ist; außerdem hast du ja in Person des Doktors Sokrates im Falle des Falles einen Arzt an deiner Seite.«

»Ja«, flüsterte Fabiola, »mir wird nicht schlecht, mir wird nicht schlecht, und der Tote ist ... war der ...äh ... *Skorpion*; aber er sieht ekelerregend aus, einfach grauenhaft; und er ist auch noch ... auch noch *nackt*; wie abscheulich nackte Menschen doch aussehen können, wenn sie jemand umgebracht hat!«

Sie wendete sich ab und würgte entsetzlich; ihr Gesicht wurde dabei von einem grünlich bläulichen Schimmer überzogen; die dunklen Sommersprossen stachen umso deutlicher hervor; Rufus sah es und presste die Lippen aufeinander; ich hielt Fabia mit beiden Händen fest und versuchte, sie zu beruhigen:

»Professionelle Arbeit, eindeutig«, murmelte Marcellus anerkennend, ohne sich um Fabiolas Nöte zu kümmern, »ein sauberer und glatter Schnitt von Ohr zu Ohr; bei Jupiter, das Werk eines erfahrenen Killers; morgen werde ich den armen Kerl beisetzen lassen, im Massengrab natürlich, falls sich nicht noch jemand meldet, der die Kosten einer Feuerbestattung übernehmen möchte; sein Fall ist fürs Erste abgeschlossen und wird nun einem höheren Richter zur Entscheidung vorgelegt.«

»Er verwendete ohne jeden Zweifel ein doppelschneidiges Gladiatorenmesser mit gewellter Klinge, wie die Art der Wunde beweist«, flickte Rufus ein. – »Das bring uns nicht weiter; mit seinem Tod sind wir um eine ganze Hoffnung ärmer«, sagte ich und legte meiner vor Kälte schlotternden Süßen wärmend den Arm über die Schultern, während wir gemessenen Schrittes die Stufen hinauf stiegen.

»Ja«, sagte Marcellus, »von *ihm* werden wir keine Auskunft mehr erhalten; vielleicht taucht ja wenigstens der *Sordidus* wieder auf; ansonsten tappen wir im Dunklen und kennen den Mörder nicht, einmal abgesehen von seinen blondierten Haaren; irgendeiner aus seiner Sportschule müsste sich doch auftreiben lassen.

...und wenn *der* uns nichts verrät, weiß ich schon, wie man mit Seinesgleichen umspringt; wir haben da unsere feinen Methoden, alles aus ihm heraus zu kitzeln ...«

»Ich werde morgen das Unmögliche versuchen; samt Fabiola und Sokrates will ich die Gladiatoren-Schule aufsuchen, um zu sehen, was sich machen lässt«, sagte Rufus; Marcellus nickte zustimmend und erwiderte:

»Da tust du ein gutes Werk; wenn wir nämlich offiziell mit einem bewaffneten Trupp dort aufkreuzen, sind die Vögel allesamt ausgeflogen; *du*, lieber Rufus, hast deine eigenen Methoden; manchmal sind sie unseren überlegen, insbesondere, wenn uns die Hände gebunden sind, wie in diesem Fall; eigentlich müssten wir nämlich warten, bis Fabia ermordet ist, um uns dann auf die Jagd nach dem Verbrecher zu machen, aber ...«

»Gut«, sagte Rufus gedehnt, »wir können sie nicht zum Lockvogel machen und an irgend einen dicken Baum binden, um auf den Mörder zu warten; ich will mich daher morgen darum kümmern und sie dazu mitnehmen.

Jetzt aber nähert sich schon die dritte Nachtwache (*Mitternacht*), und wir müssen sie irgendwo unterbringen, wo sie einigermaßen sicher ist; danach gilt: Wir kennen den Killer nicht und sollten abwarten, bis er versucht zuzuschlagen; wenn wir ihm nicht zuvorkommen, ist es eine Frage der Zeit, bis er seinen Auftrag ausführt; ich kenne da ein kleines verschwiegenes Hotel ...«

»Aber er weiß doch, dass sie hier ist und wird nur darauf warten, dass wir mit ihr heraus kommen«, wandte ich ein.

»Das kriegen wir schon hin«, sagte Marcellus, »dieses Haus hat auf der Rückseite eine Ein- und Ausfahrt für Kutschen; von dort aus bugsieren wir deine Süße ins Quartier, und Rufus wird uns den Weg weisen; dann stelle ich eine Wache neben die Loge des *Ostiarius*.

So, das wäre alles, was ich im Augenblick für sie tun kann; natürlich könnten wir sie morgen aus Rom fortschaffen, vielleicht zurück nach Neapolis zu all den widerlichen Griechlein; aber sind wir unserer Sache dann sicherer?

Nur, wenn wir den Killer finden und unschädlich machen, kann Fabia wieder ruhig schlafen, denn er wird ihr notfalls bis ans äußerste Ende der Welt folgen.«

Fabiola flüsterte, sie habe nicht die Absicht, davon zu laufen, um den Rest des Lebens in Angst zu verbringen; mit Rufus' Vorschlag war sie einverstanden.

Marcellus gab seinem Sklaven den Befehl, die kleine unscheinbare der beiden Kutschen fertig zu machen; zwei Fackeln, rechts und links des Gehäuses angebracht, sollten es uns erleichtern, den Weg zu finden; zum Glück sehen Pferde nachts ausgezeichnet, viel besser als wir Menschen ...

Wenig später hatte der Kutscher das feine Gespann fahrbereit gemacht; wir stiegen ein; Fabiola kauerte sich auf den Boden; Marcellus breitete eine Plane über ihr aus; dann öffnete ein Sklave das Tor, und wir rumpelten in das nächtlich stille Rom hinaus; meine Süße musste unsichtbar bleiben, während wir drei uns ständig in allen Richtungen umblickten, aber niemand schien uns zu folgen.

Schließlich hatten wir das ausgesuchte Hotel erreicht; der Sklave des Marcellus schlug mit dem stumpfen Ende der Peitsche gegen die Kutscheneinfahrt, und Marcellus gab sich lautstark zu erkennen; ein müder Sklave ließ uns ein: Wir betraten die Halle des altmodischen Baus und weckten den verschlafenen *Janitor*, der gähnend seine Loge verließ, um uns eine im ersten Stock gelegene freie Räumlichkeit zu zeigen:

Es handelte sich um zwei aneinander grenzende Zimmer, ein *Vorzimmer* mit einer schweren Tür zum Korridor und ein dahinter liegendes *Schlafzimmer*, beide mit einer Pforte verbunden, welche man auf jeder Seite unabhängig von einander verriegeln konnte; das hintere sei für die Herrschaften, das vordere für die Dienerschaft, sagte der Sklave breit grinsend, als er erfuhr, dass Fabiola und *ich* die Mieter für *eine* Nacht sein sollten ...

Jeder der beiden Räume verfügte übrigens über ein winziges *Lavacrum* (Badezimmer), gewissermaßen Rücken an Rücken zu einander gebaut, das unseren bescheidenen Ansprüchen genügen konnte; immerhin war der in der Nähe vorüber führende Aquaeductus hoch genug, um hier für fließendes Wasser zu sorgen; man musste nur den entsprechenden Schieber zur Seite ziehen, um sich einer kühlen Dusche auszusetzen.

Ferner war im mit Fliesen gekachelten Boden eine Vertiefung angebracht, über welcher man hockend und sich an seitlichen Griffen festhaltend, die Notdurft verrichten konnte; der Pförtner versicherte uns noch, das Gehäuse sei unmittelbar an den städtischen Kanal angeschlossen und jederzeit mit Wasser zu spülen: Hier ließ es sich aushalten.

Rufus war einverstanden und zahlte den Preis im Voraus; dann wies er mir das vordere und meiner Süßen das besser eingerichtete hintere Zimmer an; ich bezog also den Raum der Sklaven und war sozusagen Teil ihrer Bewachung.

Dann ließ man uns alleine, nicht ohne dass Marcellus mir versichert hätte, dass einer seiner Soldaten den Rest der Nacht vor dem Eingang der Herberge Wache schieben und niemand hinein lassen werde; Rufus versprach, bei Morgengrauen zurück zu sein; bevor er die Türe endgültig hinter sich schloss, steckte er noch einmal seinen Kopf herein und zwinkerte mir vergnügt zu ...

Nachdem er endgültig gegangen war, schob ich den doppelten Riegel zum Eingang vor; als ich mich dann erwartungsfroh meiner kleinen Großen zuwenden wollte, um sie fürs Erste in die Arme zu schließen, fand ich die Tür zu ihrem Zimmer zugesperrt vor, verriegelt und verrammelt; die Enttäuschung war riesengroß ...

Noch fluchte ich leise vor mich hin, da vernahm ich aus ihrem angrenzenden Bad das Plätschern des Wassers und hörte sie mit heller Stimme singen; ich stellte mir vor, wie sie sich dabei genüsslich unter der Brause hin und her drehte; dann widmete ich mich der Pflege des eigenen verschwitzten Körpers und fühlte mich dabei Rücken an Rücken mit ihr: *Auch ich hatte das Bad bitter nötig.*

Anschließend trat beiderseits der trennenden Wand völlige Ruhe ein, eine Art von Waffenstillstand; ich haute mich verdrossen auf die Liege und beschloss, auf der Stelle einzuschlafen; aber nach all den Aufregungen des vergangenen Tages wollte das Hämmern des Herzens sich nicht auf eine annehmbare Zahl herunter bringen lassen; an Schlaf war also nicht zu denken und ich lauschte in die tiefe Stille der Nacht hinein:

Einmal wollte es mir so vorkommen, als ob unten im Garten ein Schwein gequiekt hätte; dann ein Geräusch, wie das eines umfallenden Mehlsackes; aber so sehr ich meine Ohren danach auch anstrengen mochte, es war nun nichts mehr zu hören.

Und schon fiel ich in einen unruhigen Halbschlaf, während der Mond gespenstisch sein bleiches Licht zu mir herein sandte und dafür sorgte, dass die knorrigen Äste der unfernen Eiche ihre Schatten unruhig über die Wände wandern ließ.

Fast schon war ich richtig eingeschlafen, als mich ein knirschendes Geräusch aufschreckte; jemand hatte den rostigen Riegel auf Fabiolas Seite zurück geschoben; es konnte nur meine neueste Flamme sein, und richtig: Sie öffnete jetzt leise, leise die Tür und kam auf Zehenspitzen zu mir herüber geweht ...

Ich tat fürs Erste so, als schliefe ich fest und spähte durch die Wimpern hindurch; sie trug nur noch den Lendenschurz, im Grunde lediglich ein handbreites Tuch, das zwischen den Beinen hindurch geschlungen war und beiderseits an einem fein gedrehten Strick befestigt war, der den Gürtel ersetzte; ihr Körper schimmerte leuchtend weiß im Mondschein.

Sie zögerte und drehte sich einmal um die eigene Achse, um das lästige Ding dann abzustreifen und im hohen Bogen in ihren Raum zurück zu schleudern; danach schloss sie die Tür sorgfältig und verriegelte sie *auf meiner Seite* so gründlich, als wollte sie all ihre Kleider wegsperren; was hatte sie vor?

Mein Herz begann wie verrückt zu hämmern; vor mir stand eine langbeinige jungfräulich reife Venus; der schönste Anblick, den ich je genossen hatte; das genaue Gegenteil zum kalten Marmor meiner beiden ehemaligen Ehefrauen, die von vornherein nichts anderes im Sinn gehabt hatten, als mich zu betrügen und mir das Geld aus der Tasche zu ziehen:

Atemlos und mit nunmehr weit, weit aufgerissenen Augen sah ich ihr entgegen, wie sie da auf meine Liege zu tänzelte, diese schönste Frau meines Lebens, um sich dann mit einem leisen Aufschrei in meine Arme zu werfen; ich drückte sie an mich, so feste ich es vermochte; wir tauschten erste Küsse aus ...

Über all das, was dann geschah, lieber Leser, will ich nur sagen, dass es der Augenblick des höchsten und des reinsten Glückes war, *für sie und für mich*; es war ein dergestalt rauschhaftes Erleben, dass es gewiss den Neid der Götter[57] erregte.

Und dass meine Fabiola gewisse Dinge, die sie bisher überhaupt noch nicht kannte und noch nie ausgeübt hatte, gar nicht erst lernen musste, versteht sich doch wohl von selbst; nie hatte ich eine Frau so sehr geliebt wie sie, ja, ich war mir sicher, sie war sogar die erste, allererste Frau, die ich *wirklich* liebte und beschloss, sie möglichst bald zu heiraten, komme da, was da wolle.

Noch lagen wir uns erschöpft in Armen, Mund an Mund, Zunge auf Zunge, einer den heißen Atem des anderen schlürfend, da ließ uns ein unbestimmtes Geräusch erstarren; sie wollte etwas zu mir sagen, aber ich hielt ihr den Zeigefinger vor den Mund; gemeinsam lauschten wir:

Anscheinend war jemand die Fassade hinauf geklettert, beinahe geräuschlos und hebelte jetzt Fabiolas Fenster mit größtem Geschick aus den Angeln; wir hörten das Knirschen des morschen Holzes und ihn dann in ihr Zimmer einsteigen, um dort leise fluchend auf und ab zu gehen; er prüfte sogar die Verbindungstür und rüttelte an ihr; wir erstarrten vor Furcht; doch als er sie von unserer Seite her fest verriegelt vorfand, entfernte er sich wieder.

Voller Angst blickte Fabiola mir in die Augen: Was wohl wäre geschehen, wenn sie nicht rechtzeitig zu mir herüber gekom-

---

57 Die moderne Biologie hat bewiesen, was man aus Erfahrung schon immer wusste: Hinter der Netzhaut besitzen u.a. Pferde guaninkristallhaltige Fasern, die das Restlicht schillernd zurückwerfen; davon kommen die im Dunkeln aufleuchtenden Augen der nachtaktiven Säugetiere.

men wäre?! Und welch' glücklicher Zufall, dass sie den rostigen Riegel vorgeschoben hatte; ich streichelte ihr den göttlich blanken Rücken, von oben nach unten, bis hinab über das Gesäß und sagte, ins aufkommende Morgengrauen hinein blinzelnd:

»Dieser ungebetene Besuch galt dir, meine Entzückende; es kann nur der Mörder gewesen sein.«

Sie schwieg; der Schock stieß nun mit Verzögerung seine eisigen Dolche in ihr Gemüt; sie atmete stoßweise; sie kuschelte sich an mich; schluchzend zitterte sie am ganzen Leib, als jemand heftig an die Tür zum Korridor pochte; mir stockte der Atem; sie stieß einen kleinen Schrei des Schreckens aus und wurde so schlaff in meinen Armen, dass ich schon fürchtete, sie wäre vor Angst gestorben; nach kurzem Zögern rief ich:

»Wer ist da?«

»Wir sind's«, antwortete Rufus, »Marcellus und ich; mache sofort auf; wir haben es eilig; es gibt wichtige Neuigkeiten.«

Ich sprang aus dem Bett und rannte, rasch ein Handtuch um die Hüften gewickelt, zur Tür und schob den Riegel beiseite; Rufus trat ein, gefolgt von Marcellus, der eine halb grimmige, halb belustigte Miene zur Schau stellte; sie sahen nämlich Fabiola, in meinem Bett hockend, die Blöße mit dem Laken bedecken und lächelten dazu süffisant:

»Kleine Kinder kann man keinen Augenblick unbeaufsichtigt lassen, sonst machen sie sofort irgendeinen Quatsch«, sagte Rufus kichernd, während sich Marcellus den Bauch hielt, um nicht vor Lachen zu platzen:

»Und hier, mein lieber Doktor, haben wir für deine Flamme etwas Anständiges zum Anziehen mitgebracht, damit sie wieder unter die Leute gehen kann und nicht mehr so halbnackt wie gestern herum laufen muss«, sagte Rufus und wedelte mit einem üppigen, wahrscheinlich knielangen Hüfttuch samt ledernem Gürtel, einem saugrob gewebten überbreiten Mieder, das im Rücken mit einem durch Ösen gezogenen unschönen Strick grausam zusammen zu zurren war, einem gelben, dicht gewebten, alles bedeckenden kurzärmeligen Unterkleid sowie einer höchstwahrscheinlich bodenlangen blauen *Palla*, vielfach gefältelt, welche auch nicht den kleinsten Ausschnitt aufwies:

»Los, Mädchen! Ziehe dich an, oder willst du uns im derzeitigen Zustand begleiten?«, grantelte Rufus grimmig, »wir haben es verdammt eilig und müssen von hier fort.«

»Auf, auf!«, rief Marcellus böse, »oder soll ich dir die Hammelbeine lang ziehen, meine Honigpuppe?«

»Aber ... aber ich habe doch gar nichts ... und ich bin ... äh ... ich bin vollkommen ...«

»Na und! Ist das alles?«, sagte Marcellus und murmelte sich dann in den Stoppelbart hinein:

»Und diese um Einiges zu lang geratene Ziege da drüben glaubt, wir wüssten nicht, wie eine Frau aussieht, wenn sie mal nichts an hat ... und da verstehe einer die Weibsleute! Erst stirbt sie vor Schiss, weil sie angeblich jemand umbringen will; dann kriecht sie bei erster Gelegenheit dem Doktor ins Bett, um es mit ihm zu haben, und jetzt schämt sie sich vor uns, weil sie noch nackend ist; sonst treiben es die Damen doch meist umgekehrt und geben keine Ruhe, bis wir sie so bewundern, wie die Götter sie einst schufen ...«

Dann lauter:

»Rufus, lege ihr die Klamotten endlich aufs Bett, damit sie sich was anziehen kann; wir drehen uns solange um, bis ich bis auf dreißig gezählt habe ... los, Mädchen, spute dich!

Danach hauen wir von hier ab und nehmen das Pärchen mit; *o tempora, o mores!*[58] Unsereins läuft sich die Haxen ab, damit die *Kleine Große* mit dem Leben davon kommt, und sie spielt inzwischen fröhliche Hochzeit!«

Rufus klatschte ihr das Zeug kichernd aufs völlig zerknüllte Laken, während ich in meine Tunika fuhr und die Sandalen an den Füßen befestigte; aus den Augenwinkeln sah ich zu, wie aus Fabiola Stück für Stück eine echt altrömische Dame wurde; als sie aber mit dem Mieder nicht recht voran kam, rief sie mich um Hilfe, und ich hatte das Vergnügen, das fürchterliche Folterinstrument auf ihrer Rückseite so fest zusammen zu

---

58 Nach antikem Glauben mögen es die Götter nicht, wenn ein Mensch das Glück allzu sehr gepachtet hat und bestrafen ihn mit einem Sturz ins Unglück; das berühmteste Beispiel: Polykrates hatte immer Glück; um dem Neid der Götter zu entgehen, warf er seinen wertvollsten Ring ins Meer, um endlich einmal Unglück zu haben; aber die Götter durchschauten ihn; sein Tod war furchtbar!

schnüren, dass sie schrie, ihr gehe die Puste aus, wenn ich weiter daran zerrte:

Unser Marcellus ließ sich nichts von der ganzen Prozedur entgehen und betrachtete sich die theaterreife Szene ungeniert; nur mein Rufus hielt sich an die Absprache; er ist eben ein feiner Herr; dann war sie endlich soweit.

Rufus musterte sie von oben bis unten und meinte breit grinsend, das Auftürmen des obligatorischen Haarknotens könne heute ausnahmsweise einmal unterbleiben; das tue ihrer überragenden Schönheit gewiss keinen Abbruch; den obligatorischen Schminktopf aber habe er glatt vergessen; er sagte dann:

»Ich nehme an, ihr beiden besonders Hübschen habt vor lauter Liebeslust *nichts bemerkt*, obwohl heute Nacht hier Bemerkenswertes geschehen ist.«

»Ich weiß nicht, was du meinst«, sagte Fabiola, das Gesicht so rot wie der Klatschmohn des Feldes anlaufend, samt hervorstechenden hundert schwarzen Tüpfeln, weil sie diese Worte rein auf sich bezog; Rufus kicherte händereibend und sagte beschwichtigend, so sei das doch gar nicht gemeint gewesen, obwohl sie überhaupt noch nichts gesagt hatte, um hinzuzufügen:

»Es hat nämlich einen neuen netten kleinen Mord gegeben, ganz in eurer Nähe, aber ihr hattet bekanntlich Wichtigeres zu tun ... und Liebe macht nicht nur blind ...«

»*Doch*«, sagte ich, »ich habe etwas gehört: Es war kurz bevor Fabiola zu mir herüber kam und hörte sich so an, als ob ein Schwein quiekte und dann ein Mehlsack umgeworfen würde ...«

»Ja, so könnte es tatsächlich geklungen haben«, sagte Marcellus gedehnt, »denn es hat unten im Garten den Sklaven erwischt, der dort Wache schob, einen großen vollschlanken Afrikaner.«

»Tot?!«, riefen Fabiola und ich gemeinsam.

»Ja! Ihm wurde fachmännisch die Kehle abgeschnitten, wieder einmal beinahe von Ohr zu Ohr«, sagte Rufus, »und meine Untersuchungen ergaben, dass es dasselbe Messer des doch wohl selben Mörders sein sollte, der schon dem guten alten Herrn *Skorpion* den Weg ins Jenseits geebnet hat.«

»Und er ist nach diesem Mord die Fassade hinauf geklettert, um Fabiola zu töten«, rief ich ins verblüffte Schweigen hinein, auf das nach einer gewissen Pause ein böses Gelächter folgte:

»Hihihi, er hat also das falsche Zimmer erwischt, denn die Süße lag ja nebenan in den Armen meines Mitarbeiters.«

»Ja, das ist richtig, aber ich hatte zufällig zuvor die Verbindungstür verriegelt, so dass er glücklicher Weise bei uns nicht mehr eindringen konnte, obwohl er es versuchte; danach hat er sich unverrichteter Dinge aus dem Staub gemacht«, sagte Fabiola.

Marcellus untersuchte die Tür; sie war immer noch verriegelt und verrammelt; erst rüttelte er an ihr; dann schob er den doppelten Riegel beiseite, ging hinein und stürzte zusammen mit Rufus zum Fenster; mein Freund pfiff durch die Zähne und rief:

»Kann klettern wie ein Affe und hatte das Beste vom Besten der Einbrecherwerkzeuge zur Hand; bewundernswert, wie leicht er das Fenster aus den Angeln hatte heben können; und nanu! Was ist denn das; er hat sich doch nicht etwa gelangweilt am Kopf gekratzt, als sein Plänchen in die Hosen ging, und sich die umzubringende Süße im faschen Raum in den Armen meines Freundes befand?«

Rufus hob ein langes blondes Haar vom Fußboden auf und hielt es mit einem erkennenden Grunzen mitten ins grell herein flutende Licht der Sonne, das es flimmern ließ; dann kroch er wie ein Bluthund über den Estrich, wo sich *zwei* Sorten von Fußabdrücken abzeichneten, weil Fabiola klitschnass aus dem Bad gekommen war, um sich zu mir herüber zu stehlen, ohne sich abzutrocknen:

»Er war barfuß und wandelt auf großem Fuß«, murmelte Rufus, »ein wenig auswärts gehend, links leichter, rechts mittlerer Senkfuß; der zweite Zeh ist beidseits länger als der große; alles bestens passend zu einem großen, auffällig *blondierten* Mann mit schulterlangem Haar.«

»Schulterlang, das begreife ich; aber warum blondiert und nicht richtig blond?«, fragte ich.

»*Darum*«, sagte Rufus grimmig und hielt mir das aufgeklaubte Haar vor die Nase; es war ihm samt der als kleine Verdickung erkennbaren Wurzel ausgefallen: Eine winzige Stelle etwas oberhalb der Wurzel war schwarz, pechschwarz; dann folgte der Rest in hellem Blond:

»Oho! Aha! Der vorgebliche *Germane* hat sich als *Nicht-Germane* entlarvt, dieser affektierte Stutzer«, sagte Marcellus voller Ingrimm und klopfte Rufus gönnerhaft auf die Schulter.

»Es ist mir seit Jahren eine gleichbleibende Freude, mit dir zusammen zu arbeiten; man lernt stets etwas dazu; doch jetzt ist keine Zeit mehr für solche Theorien; wir müssen den verdammten *Aemilius Sordidus* finden!

Leider gibt es von ihm weder einen Steckbrief noch sonst eine Abbildung; wir sind also auf die Aussagen derjenigen angewiesen, die ihn kannten; vor allem unsere Fabia hat ihn bekanntlich gesehen und ist mit ihm sogar in ein vertragliches Verhältnis eingestiegen ... und sie nannte ihn einen *kleinen, ekelhaft fetten Mann*; davon gibt es im Rom freilich Tausende, die sich auch noch als *reinrassige Römer* bezeichnen; vielleicht weiß unsere Süße noch Weiteres zu berichten?«

»Ja«, sagte Fabiola, »er hatte ein Doppelkinn, war schlecht rasiert und kahlköpfig; einen Bart trug er nicht; und so furchtbar klein war er auch nicht; höchstens einen Kopf kleiner als ich ...«

»Dann hatte er ungefähr meine Größe«, murmelte ich und ärgerte mich, dass Fabia *mich für klein* hielt, während sich Rufus und Marcellus vielsagende Blicke zuwarfen; Rufus sagte:

»Fabiola, du warst Lehrerin; könntest du vielleicht ein Portrait von ihm zeichnen, aus dem Gedächtnis heraus?«

»Ich unterrichtete stets Griechisch; was die Malerei anbetrifft, so habe ich nur linke Hände, und wenn ich ein Gesicht zeichnen soll, so kritzele ich einen Kreis mit zwei Punkten, einem senkrechten und einem waagerechten Strich darin.«

Rufus sagte: »So kommen wir nicht weiter; jedenfalls würdest du ihn wiedererkennen, wenn wir einen Verdächtigen schnappten?«

»Da bin ich mir ganz sicher.«

»Gut! Dann wollen wir fürs Erste seiner verwaisten Sportschule einen Besuch abstatten.«

»Gute Idee«, flocht Marcellus ein, »aber ich habe noch diese und jene andere kleine Aufgabe; kaum eine Nacht ohne Verbrechen in dieser wunderschönen Stadt; es gibt hier und da noch ein paar andere Morde, von allerlei Totschlag abgesehen; ich muss aufs Revier; außerdem wäre es gar nicht nützlich, wenn ich meine Männer mit waffenklirrender Staatsmacht in die vergammelte Schule schickte; das Aufsehen wäre unvergleichlich; Rom ist eine einzige Quasselbude; lieber Rufus, du hast deine eigenen Methoden, und auch diesmal sollten wir getrennt marschieren, um den Feind dann vereint zu schlagen.«

»Dein Vorschlag ist auch mein Vorschlag«, sagte Rufus und lächelte zufrieden:

»Fabia, Sokrates und ich werden ganz alleine dort aufkreuzen, vollkommen unauffällig; dann wollen wir mal sehen, was zu machen ist; hoffentlich ist jemand vor Ort, der uns wenigstens Auskunft über den Verbleib des hohen Herrn geben kann; ich habe freilich das ungewisse Gefühl, dass uns Unerwartetes begegnet, denn unverhofft kommt oft ...«

»Aber«, sagte ich, »aber wenn uns der Killer unterwegs auflauerte? Was sollen wir dann tun?«

»Darüber brauchst du dir wirklich keine weiteren grauen Haare wachsen lassen, mein lieber Sokrates«, entgegnete Marcellus in seiner giftigen und unverschämten Art, »denn der große Blonde mit dem kleinen Flitzbogen und den langen Füßen ist genau *der* Typ, welcher die Dämmerung abwartet; vorher mordet er nicht und mimt tagsüber den Feigling.

Er wird also auf Nummer Sicher gehen, denn in Rom wimmelt es jetzt schon vor Passanten; alle Wege sind verstopft; und er weiß, dass neben mir auch Rufus samt unvermeidlichem Sokrates hinter ihm her ist; er wird sich also hüten, einen Angriff auf euch zu starten, bevor er sich seiner Sache nicht absolut gewiss ist, bevor er nicht weiß, dass er ungeschoren davon kommt, denn erwischt zu werden, ist für Seinesgleichen eine Katastrophe.«

***

Mit diesen Worten verabschiedete sich Marcellus eilig, um sich einer ungenannten Mordsache zu widmen, und wir machten uns auf den Weg, Fabiola in unsere Mitte nehmend; sie hakte sich beiderseits ein, und wir boten den belustigten Augen der vorüber eilenden Römer ein seltsames Terzett:

Links ein großer schlaksiger Mann mit feuerrotem Haar auf dem Kopf, eine energische und zupackende Gestalt mit aufmerksam nach vorne gerichtetem Blick.

In der Mitte eine ebenso hoch aufragende Frau in den altmodischsten Klamotten, die Roms begnadete Schneider noch fertigen können, das dunkelblonde Haar samt einiger weniger unverkennbar silberner Fäden ungekämmt und wirr über die breiten Schultern fließen lassend; sie sah abwechselnd zu Rufus hinüber und zu mir herab.

Rechts dann schließlich *ich*, der stadtbekannte Herr Doktor Sokrates, um einen ganzen Kopf kleiner als die beiden, irgendwie pummelig und das genaue Gegenteil eines gestählten Athleten ... dafür aber immer wieder verliebt zu unserem Schützling aufschauend.

7. In der Gladiatorenschule

Wir gingen also zu Fuß durch das Gewimmel in der Stadt, und niemand schenkte uns größere Beachtung, insbesondere natürlich, weil Fabiola zu meinem Bedauern die Kleidung gewechselt hatte und jetzt nicht mehr so aufreizend wirkte.

Der *Germane* ließ sich nicht blicken, sooft Rufus sich auch argwöhnisch umblickte; aber das gewährte uns keineswegs das Gefühl der Sicherheit; Rufus meinte, er könnte genauso gut die Haarfarbe gewechselt oder eine Kapuze übergestreift haben ... und irgendwie beschlich mich ein ungutes Gefühl ...

Nachdem wir das breit angelegte Stadion des Domitianus hinter uns gelassen hatten, gelangten wir bald zu einem großen hässlichen Gebäude, dessen Front aus einer fensterlosen Backsteinwand errichtet war, in deren Mitte man ein ehernes, dunkelgrün angelaufenes Rundbogentor eingefügt hatte, welches aber von außen keine Klinke hatte.

Ich schlug mehrfach mit dem Knauf meines Dolches dagegen, aber außer dem dumpfen Widerhall der inwendigen Gewölbe ward mir keine Antwort; schon dachte ich, wir müssten unverrichteter Dinge umkehren und sah fragend auf Fabiola; sie nickte nur, um mir zu zeigen, dass wir an der richtigen Adresse gelandet waren.

Rufus freilich wollte sich nicht so ohne weiteres abwimmeln lassen und warf sich mit der Schulter gegen den linken Flügel; er gab nach und knarrte auf rostigen Angeln ins Innere eines dunklen Korridors, an dessen Ende ein schwacher Lichtschimmer darauf hindeutete, dass man hier ins helle Atrium[59] gelangen dürfte.

Zu allem entschlossen, gingen wir in die unheimliche Stille des rundgewölbten Ganges hinein: Ein ekelerregend muffig dumpfer Geruch oder Gestank empfing uns, der mich an die Katakomben der Christianer erinnerte, in welchem sie ihre Toten beisetzen, ohne sie zuvor dem Feuer überantwortet zu

---

59 Das typische römische Haus ist um ein zur Hälfte überdachtes quadratisches Atrium (eine Art Innenhof, dessen Dach sich auf vier Säulen stützt) gebaut, von dem aus man zu den Zimmern gelangt; nach außen ist es so gut wie fensterlos.

haben; Ratten huschten in ihre Löcher; Fledermäuse gespenstisch auf der Flucht, uns die Flügel an den Kopf schlagend; widerliche Spinnenweben klebten mir im Gesicht; Staub an den Füßen, unsere Tappen auf dem Estrich hinterlassend; und als wir uns einige Schritte voran getastet hatten, stöhnte Fabiola und ihre Knie begannen zu schlottern.

Ich hielt ihre Hand ganz fest in meiner Hand, denn sie begann nun zu schwanken und wanken; den anderen Arm legte ich ihr tröstlich stützend um die Taille, und ihre wunderbar wohlige Wärme, die in meinen Körper überging, war uns beiden Trost in der gruseligen Umgebung.

Je näher wir der rückwärtigen Pforte kamen, desto deutlicher vernahm ich ein gewisses rhythmisches und klatschendes Geräusch; das überraschte mich, denn Fabiola hatte ja gesagt, bei ihrem letzten Besuch vor Ort sei alles menschenleer gewesen; fragend blickte ich auf Rufus; der blieb stehen und flüsterte Fabiola etwas ins Ohr; ich konnte es gerade noch verstehen:

»Sagtest du nicht, es wäre eine Gladiatorenschule? Nun, das Geräusch da kenne ich; es ist aber ein *Faustkämpfer*, der auf einen Sandsack eindrischt; kannst du mir das erklären?«

»Ach, das hatte ich ganz vergessen; man bildete dort nebenbei auch Boxer aus, wenn auch nur wenige; dafür fehlten die Reitergladiatoren,[60] für die hier im Atrium des alten Hauses auch gar kein Platz wäre.«

Wir tasteten uns unverdrossen weiter auf die hintere Türe zu; sie war angelehnt; Rufus schob die beiden Flügel vorsichtig und nur so weit aus einander, dass er mit dem linken Auge ins Atrium hinaus spähen konnte; dann machte er sie vollends auf,

---

60 Diese equites (Reiter) kämpften in der Arena zunächst zu Pferde, mit kleinem runden Schild aus gepresstem Leder und Speer ausgerüstet; sie bedeckten als einzige Gladiatoren-Gattung auch den Oberkörper; Frauen konnten hier bisher nicht nachgewiesen werden, wohl, da sie nach alter Sitte nur im Quersitz ritten, um auf diese Weise unanständig gespreizte Beine zu vermeiden; sollte der Reiterkampf unentschieden enden, mussten die equites zu Fuß weiterfechten.

Selbstverständlich gab es damals (seit den Olympischen Spielen) auch professionelle Boxer (zur Freude gewisser Männer wahrscheinlich auch Frauen); die antiken Profi-Boxer ließen in ihre ledernen Handschuhe gerne Bleikügelchen einnähen ... und sahen nach einiger Zeit im Gesicht entsprechend aus.

96

und mein Blick fiel auf einen großen gekiesten Platz, der rundum von einer bröckelnden Säulenhalle umgeben war; an einer Art Galgen baumelte ein Sandsack, vor dem ein Mann nur im Lendenschurz hin und her tänzelte, um mit der Genauigkeit eines Hammerwerks auf das Trainingsgerät einzuschlagen; abgesehen von diesem seltsamen Faustkämpfer war das Atrium leer.

Der Bursche schien Rufus bekannt zu sein, wie ich seiner zufriedenen Miene entnahm und ging, ohne uns zu beachten, munter seiner sportlichen Beschäftigung nach:

Er war von mittlerer Größe, ziemlich muskulös, breitschultrig und unglaublich behände auf den Füßen, obwohl es mir, *dem Arzt*, so vorkommen wollte, als wäre er bereits jenseits der Vierzig.

»Salve, Ursus,[61] mein guter alter Freund«, rief Rufus in den sonst so einsamen Kampfplatz hinein, »ja, was treibst du denn hier an diesem verlassenen Ort?«

Der Boxer hörte sofort auf, den Sandsack weiter zu malträtieren und wandte sich uns zu, um uns zu mustern; seine Augen waren irgendwie feucht und rötlich; er blinzelte in den schräg einfallende Sonnenschein und schien zu überlegen, wer in aller Welt der rothaarige Mann denn sei, der ihn angeredet hatte; dabei gewahrte ich sein Gesicht im grell ihm entgegen flutenden Licht:

Es war nur noch die elende Maske eines Gesichtes, voller Narben und mit platt geschlagener Nase; die Ohrläppchen unnatürlich verdickt und ekelhaft knorpelig; wenn er nach Luft schnappte, zeigte er ein lückenhaftes Gebiss; er sah vollkommen herunter gekommen aus, das Zerrbild der Athleten unserer Statuen.

Erst blickte er blöde auf mich, als begriffe er nichts, dann mit dergestalt erwachenden tierischen Instinkten auf meine Fabiola, als wollte er sie verschlingen; erst ganz zuletzt richteten sich seine trüben Augen auf Rufus:

»Bei Jupiter, Rufus«, rief er, »*salve amice!* Ich hatte dich zuerst gar nicht erkannt, und das kommt von den Augen; sie wollen nicht mehr recht; ich habe im Lauf der Jahre einiges zu viel

---

61 Ursus (lat.) = Bär; gewiss nicht der Geburtsname des Boxers.

eingesteckt; und trotzdem habe ich dich erkannt, mein Freund; und ich freue mich, dich endlich wieder einmal zu sehen; wo hast du denn die ganze Zeit gesteckt?«

Rufus antwortete ihm ganz freundlich und gelassen:

»Schön, dass du mich noch kennst, mein Lieber; aber was willst du hier? Wie ich hörte, ist die Schule seit geraumer Zeit geschlossen und der Chef getürmt.«

»Dumme Frage! Ich trainiere, was sonst?«

»Was? Du willst wieder boxen gehen? Das ist aber eine Überraschung! Gegen wen trittst du denn an?«

»Nein, Rufus, damit ist es vorbei; dazu bin ich zu alt; ich tauge nur noch für den Sandsack; aber als Sparringspartner für die jüngeren Athleten bin ich immer noch gut genug; und ich bin fit; sobald der Chef des Hauses, der gute alte *Aemilius*, zurück kommt, kriege ich wieder einen Job; das hat er mir versprochen; und dann springt für mich ein hübsches Sümmchen heraus.«

»Ja, *wenn* er kommt; er ist aber untergetaucht.«

»Das stimmt, und das ist beschissen, denn ich bin pleite, vollkommen pleite; aber sobald er zurück ist, kriege ich wieder mein Gehalt; dann schlage ich mich erneut mit den jungen Kämpfern herum und bringe ihnen das Handwerk bei; jetzt sind sie leider alle verschwunden; nur ich bin der Schule treu geblieben.«

Ursus nahm den Kampf mit dem Sandsack wieder auf; Rufus warf einen kritischen Blick auf Fabiola, die dem Faustkämpfer geradezu bewundernd zusah, wie er anmutig und mit größter Präzision seine Fäuste bewegte und auf den hin und her schwankenden Sandsack eintrommeln ließ; sie fühlte sich nach geraumer Zeit beobachtet und sagte:

»Mir scheint das eine wahre Kunst zu sein, wie er das macht, und wie *leicht* er das macht ...«

Rufus lächelte traurig versonnen und antwortete ihr:

»Kunst? Vielleicht; mag sein; aber wozu soll das nutze sein? Jahrelang muss man geübt haben, um es zu seiner Vollendung zu bringen, und dann? Für wie alt hältst du ihn?«

»...an die Fünfzig.«

»*Einunddreißig* ist er«, sagte Rufus mit einem grellen bitteren

Auflachen, er ist seit seinem siebzehnten Lebensjahr professioneller Faustkämpfer, und etwas anderes hat er nicht gelernt; sein Vater war noch Sklave und wurde später freigelassen …

Ursus hat nie eine Schule besucht, kein Geld, keine Zeit; und er wollte sich irgendwie über Wasser halten; dann kamen diese Schufte von der Arena und boten ihm eine märchenhafte Karriere an; und jetzt? Rund fünfzehn Jahre lang immer nur Schläge austeilen und einstecken, das hält kein Mensch aus; er ist fertig; er ist ein Wrack; er kann nicht mehr denken; er taugt zu nichts; was soll aus ihm nur werden?«

Dann drehte sich Rufus dem Boxer zu und sagte ganz sanft: »Hör mal, Ursus, lass bitte den Sandsack für einen Moment in Ruhe; ich will dies und das von dir wissen; mein Freund, vielleicht hättest du die Güte, mir zu antworten.«

»Ja, du bist mein Freund und warst immer gut zu mir; aber du weißt auch, dass ich immer Kopfweh habe und verdammt vergesslich bin«, sagte der Faustkämpfer und streifte die Handschuhe ab, um sie sorgsam über den Sandsack zu legen:

»Ich will wissen, wer der große blonde Mann ist, der deinen Chef in letzter Zeit mehrfach aufgesucht hat; sage mir die Wahrheit!«

»Ja, mein Chef! Ja, Aemilius! Wann kommt er endlich zurück, um seinen Laden wieder aufzumachen«, sagt Ursus ausweichend und mit kläglicher Stimme.

»Er kommt wahrscheinlich nie mehr zurück, falls er überhaupt noch lebt; wenn du mich fragst, hat er schon längst ins Gras gebissen; kennst du seinen Freund, den alten Gaius Spurcus, der Skorpion genannt?«

»Ob ich den kenne?«

Ursus kratzte sich am Kopf und glotzte blöde drein; dann hellte sich seine Miene plötzlich auf:

»Ja, jetzt fällt es mir wieder ein; er kam ziemlich oft hier vorbei, in irgendwelchen Geschäften; ich glaube, er hat ein Wettbüro und muss sich die Athleten vor dem Kampf ansehen, um …«

»Er ist tot, ermordet«, sagte Rufus mitleidlos.

»Tot? Ermordet?«, echote der Boxer und wurde aschfahl.

»Und von daher sollte es uns nicht überraschen, wenn auch

dein Chef, der kleine Fettsack, die Kohlköpfe von unten wachsen sieht; und jetzt sage mir, was weißt du vom großen Blonden, der hier vorbei kam? Mach keine Ausflüchte! Denke nach!«

Rufus steckte ihm eine blinkende Silbermünze in die Hand; das wirkte sofort:

»Ja, irgendwie kann ich mich an ihn erinnern, wenn auch nur ungenau; oh, dieses ewige Kopfweh!«

»Lass den armen Kerl doch in Ruhe! Siehst du nicht, dass er fertig ist?«, sagte Fabiola.

»Bei Jupiter, mein liebes Mädchen, es muss sein; es geht um deinen Kopf; ich muss ihn ausquetschen, unsere einzige Chance.«

Rufus nahm den schwellenden Oberarm des Boxers in die Hände und sagte:

»Als du noch ein Winzling warst, habe ich dich da nicht überall in Schutz genommen? Habe ich nicht dafür gesorgt, dass dich die anderen nicht verprügelten, nur weil du der Sohn eines Sklaven warst? War ich nicht immer gut zu dir? Stecke ich dir nicht heute noch bei jeder Gelegenheit eine Münze zu, wenn du pleite bist?«

»Ja, das stimmt«, sagte der Boxer kläglich, »du warst immer mein bester Freund.«

»Gut«, sagte Rufus, »und dann glaubst du dennoch, mir nicht trauen zu können, als wäre ich einer von der Stadtwache, was ich aber gar nicht bin?!«

»Doch, doch, zu dir habe ich Vertrauen.«

»Gut; du hast also gewusst, was mit dem Skorpion geschehen ist und dass sie ihn umgelegt haben; wo ist *Aemilius*, der Besitzer dieses Ladens? Ist er ebenfalls tot? Wenn ja, wer hat ihn umgebracht; etwa der Blonde?«

»Ah! Diese rasenden Kopfschmerzen!«

Rufus steckte ihm ein zweites Geldstück zu und sagte, indem er auf Fabiola zeigte:

»Kennst du sie?«

»Ein süßes Ding, unglaublich hübsch! Wäre das Richtige für einen wie mich; und ich habe sie nur einmal gesehen; sie kam rein und sah uns eine Weile beim Training zu, bis Aemilius aufkreuzte und sie mit ins Büro nahm; kurz darauf ist sie wieder gegangen; sie sah traurig aus ... und ihr Kleid war viel zu kurz.«

»Sie heißt Fabia«, sagte Rufus.

Ursus streckte ihr die Hand entgegen und umklammerte sie, als wollte er sie zermalmen; Fabiola hielt tapfer aus und sah ihm freundlich ins Gesicht; wir schwiegen; der Boxer sagte:

»Es ist schön, dass wir uns kennen gelernt haben, Fabia; ich habe dich schon neulich bewundert, als du in deinem kurzen Kleid hierher kamst, und einer wie ich kennt sich da aus; du hast die Arme und Schenkel der Athleten; du bist eine von uns, gib es doch zu! Wie oft bist du schon als Gladiatorin aufgetreten?«

»Danke, vielen, vielen Dank«, sagte Fabiola stolz lächelnd, »ich freue mich ebenso, dich kennen gelernt zu haben, lieber Ursus; wer mit Rufus befreundet ist, der ist auch mein Freund; den Sport der Arena übe ich aber nur in meiner Freizeit aus, im Gladiatorenkampf immer nur gegen Frauen mit dem Holzschwert in der Hand; auch im Ringkampf bin ich geübt; das Boxen ist nicht unbedingt meine Sache, auch wenn ich es gelegentlich betreibe.«

»Und welchen Gladiatorentyp verkörperst du?«

»Wir müssen alle Arten beherrschen; am liebsten bin ich aber als Retiaria[62] unterwegs; da fühlt man sich so richtig frei und braucht nicht unter der eisernen Rüstung zu schwitzen.«

»Hehe, das verstehe ich gut; da kannst du die Schnelligkeit deiner langen Beine ausspielen, unbeschwert von Harnisch, Schild und Helm ... aber wie stellt ihr fest, wer gewonnen hat, wo ihr doch keine ernsthaften Kämpfe auszufechten pflegt?«

»Ganz einfach: Unsere stumpfen oder stark gepolsterten Waffen werden vor dem Kampf mit einer Mischung aus Ruß und Öl eingerieben; wenn dann eine von uns einen Treffer er-

---

62 Der Retiarius (oder die Retiaria) ist, wie jeder Römer wissen konnte, eine exotische Art der Gladiatur; während alle anderen Kämpfer in einer Rüstung samt Helm stecken, trägt der Retiarius oder die Retiaria nur einen Lendenschurz, keinen Panzer oder Schild, nicht einmal Schuhe; zu Beginn versucht dieser Netzkämpfer, dem Gegner ein Netz (lat. rete) überzuwerfen; misslingt es, kämpft er mit seinem langen Speer weiter, dessen Ende in drei Spitzen ausläuft, also mit dem tridens – Dreizack; wenn sich ein Gladiator ergibt oder kampfunfähig geworden ist, entscheidet das Publikum darüber, ob er die Missio – Entlassung erhält oder seine Kehle dem Todesstoß anbieten muss.

hält, wird das Gefecht unterbrochen und die geschwärzte Stelle am Körper der Getroffenen untersucht; dann weiß man ja, wie es im Ernstfall ausgegangen wäre, und die Verliererin erhält gnädig und grundsätzlich die *Missio* (*Entlassung*) ...

Tote hat es bei uns noch nicht gegeben, immerhin aber einige Verletzte ... und eine meiner Kolleginnen ist seit einem Schlag auf den Kopf dauerhaft dement.«

Rufus blickte böse grinsend zu mir herüber, ganz so, als wollte er sagen, »mein Bester, und in solch ein Weib, in solch eine Bestie hast dich verliebt! Du Ärmster! Das wird dir übel bekommen; sie wird nach Belieben Hackfleisch aus dir machen; ist sie dir nicht um Haupteslänge überlegen?«

Dann jedenfalls wandte er sich wieder dem ehemaligen Faustkämpfer zu, der sich gerade anschickte, das Gladiatorengeschwätz fortzusetzen und unterbrach das Gespräch zwischen ihm und Fabiola grimmig und unfreundlich:

»Genug der gegenseitigen Komplimente, ihr beiden! Schluss damit! Dafür jetzt rasch zur Sache, mein guter Ursus:

Wenn ich nicht heraus bekomme, wer den *Skorpion* und womöglich auch *Aemilius* umgebracht hat, und solange ich nicht weiß, wer der lange Blonde mit den großen Füßen ist, besteht die Gefahr, dass unsere gemeinsame Freundin da ebenfalls ermordet wird; willst du es soweit kommen lassen?

Also, fangen wir an: Weißt du, dass Aemilius die Gladiatorenschule nur dazu benutzte, sein eigentliches Geschäft zu verbergen, nämlich, dass er bezahlte Mordaufträge annahm und von professionellen Killern durchführen ließ?«

»Sowas Ähnliches mauschelte man hier unter uns; aber Näheres wusste niemand, und Aemilius hat mich immer anständig behandelt; ich habe keinen Grund, mich zu beklagen; selbst wenn ich nichts zu tun hatte, bekam ich bei ihm einen trocken Platz zum Schlafen.«

»Schön und gut; aber jetzt ist er wahrscheinlich ebenso tot wie sein bester Freund, der sogenannte Skorpion; und ich habe diesen Blondschopf im Verdacht ...«

»Ah, mein Schädel! Ich weiß nichts mehr; gar nichts; alle Erinnerung ist ausgelöscht, und wenn ich versuche, mich zu erinnern, steigert sich der Kopfschmerz ins Unerträgliche«, sagte

Ursus weinerlich, ließ sich in einen knatschenden Korbsessel fallen und vergrub sein Gesicht in Händen.

»Warum quälst du ihn denn immer noch?«, fragte ich: »Lass ihn eine Weile in Ruhe, bis es ihm besser geht; wir wollen erst einmal ins Büro gehen und dort nach Unterlagen forschen; vielleicht kommen wir da weiter.«

Rufus ließ dem Mann der Fäuste ein weiteres glitzerndes Geldstück in den Schoß fallen, was dessen Gesicht zum Strahlen brachte und fragte:

»Wo ist hier das Büro?«

»Im Obergeschoss; erste Türe rechts.«

»Schön; bleibe du sitzen, wo du sitzt! Wir kommen gleich wieder herunter, um uns in aller Ruhe über dies und das mit dir zu unterhalten; und gegen deine Kopfschmerzen, das verspreche ich dir, wird dir mein Freund ein entsprechendes Mittel bringen, noch heute; ist es nicht aus den grünen Blättern der Weide[63] gewonnen, mein lieber Doktor?«

»Gewiss«, sagte ich, »und der arme Kerl soll es so bald wie möglich bekommen; aber es ist verdammt bitter ...«

»Das ist mir egal; wenn nur die Schmerzen nachlassen; und dann fällt mir bestimmt der Name des langen Blonden ein; er ist in letzter Zeit öfter vorbei gekommen; aber wie hieß er nur? Verdammt! Sein Name ist mir entfallen.«

»Denke nach! Wir gehen einstweilen hinauf und durchsuchen das Büro; danach wirst du dich gewiss erinnern.«

Rufus hielt ihm eine weitere Münze unter die Nase; Ursus stierte kurzsichtig darauf; Rufus zog sie zurück und sagte:

»...erst *nachher*; ist nur aus alter Freundschaft.«

Und schon gingen wir die ausgetretene Treppe hinauf; Fabiola seufzte und sagte:

»Wie tut er mir leid!«

»Verschwende dein Mitleid nicht an den Falschen, an einen, der es nicht verdient«, sagte Rufus bitterböse:

»Er war ein nettes Kind, aber man hat ihn überall nur herum geschubst; dann wurde er Boxer und hat sich um den Verstand

---

63 Die Weide heißt bei den Römern »salix« (Wortstamm: salici); sie und andere Pflanzen stellen den einen natürlichen Grundstoff der Azetyl-Salizyl-Säure zur Verfügung, dem weltweit bekannten Aspirin.

geboxt; er ist ein Nichts, nur noch ein Haufen faules Fleisch; ohne Hirn; er ist das, was am Ende von all diesen stolzen Faust-kämpfern übrig bleibt; aber sage das einmal einem jungen Athleten, der sich nach seinen ersten Siegen feiern lässt! Sie müssen wissen, was sie tun; neuerdings verprügeln sich sogar einige Weiber, und das im Amphitheater vor aller Augen«, gif-tete mein Freund und blickte wenig freundlich auf Fabiola.

Die Tür zum Büro stand sperrangelweit offen und bewegte sich quietschend in Windhauch; der linke Flügel hing nur noch in *einer* Angel; wir waren zu spät gekommen:

Sämtliche geschäftliche Unterlagen waren in kleine Fetzen zerrissen und auf dem Boden zerstreut; alles zerstört und zer-schmettert; sogar die Wandgemälde wie von einer Axt in Stü-cke gehackt; es war, als ob ein böser Junge seinem Hass und seiner Zerstörungswut freien Lauf gelassen hätte.

Rufus drehte und wendete einzige Schnipsel in Händen, als von unten her ein tierisches Kreischen an und in unsere Ohren drang, welches mir das Blut in den Adern gerinnen und meine Haare senkrecht empor spießen ließ, ein anhaltendes Schreien, das in ein gurgelndes Wimmern überging und dann verstumm-te; danach Stille, Stille, Todesstille; vom Grauen überwältigt standen wir auf der Stelle wie Statuen aus Erz.

Noch standen wir und wagten es kaum zu atmen, da ver-nahm ich das unheimliche und mir schon bekannte Sirren ei-ner gewissen Bogensehne; im nahezu selben Augenblick fetz-te ein kleiner stählerner Pfeil an Fabiola vorüber, unmittelbar neben dem linken Teil der Brust, also zwischen dem Bereich der Rippen und dem linken Arm hindurch und nahm ein Stück ihres Kleides mit, während ich schon das Blut in hellem Rot hervor spritzen sah.

Rufus schlug die Türe zu, bevor der Killer erneut angrei-fen konnte; ich zerrte ihr das Kleid so weit hinunter, bis ich die stark blutende Wunde untersuchen konnte; es war nur ein Streifschuss; ich riss ein Stück aus ihrem Untergewand heraus und presste es fest auf die blutende Stelle, während Rufus die ohnmächtig zu werden Drohende zu einem halb zerstörten Sessel führte, wo sie schluchzend in sich zusammen sank; da-nach zog er sein kleines Schwert; ich nahm den Dolch aus der

Scheide; sollte er es nur wagen, hier einzudringen! – Fragend blickte ich zu Rufus auf; der Mörder hatte uns überrumpelt; er musste uns in entsprechend großen Abstand gefolgt sein, und wenn sogar mein Freund es nicht bemerkt hatte, dann war er ein Meister seines üblen Faches.

Wahrscheinlich hatte er von vorn herein angenommen, dass wir zur Gladiatorenschule gingen, um seine Identität herauszufinden; er hatte sich als intelligenter und verschlagener entlarvt denn gedacht; doch was war jetzt zu tun? Jeder Schritt vor die Tür konnte, ja *musste* tödlich sein, und ich musste unwillkürlich an meinen berühmten Landsmann Alkibiades denken, der das Schwert zog, um sein Leben so teuer wie möglich zu verkaufen, aber von heimtückischen Pfeilen aus der Distanz erledigt wurde:

»Da hast du vollkommen recht«, sagte Rufus, ohne dass ich ein einziges Wort hätte fallen lassen, »wir sind in einer vergleichbaren Lage, wenn wir uns vor die Tür wagen sollten; aber versetzte dich jetzt einmal in den Killer hinein!«

»Ach so«, sagte ich, »er ist ja nur ein Kurzstreckenmörder; er hatte seine Chance und hat sie zum zweiten Mal verspielt; wenn er meint, uns im Belagerungszustand halten zu können, sollte sich das rasch als schwerwiegender Irrtum herausstellen …«

»…zumal ich mit Galba vereinbart hatte, uns hier zu treffen; er müsste eigentlich schon vor Ort sein; der Bursche wird also alles daran setzen, möglichst rasch von hier zu verschwinden«, betonte Rufus, und *richtig*:

Schon vernahmen wir das eilige Tappen von Füßen; dann das Zuschlagen der schweren Haustür; Rufus sprang durch das Zimmer und zur Straßenfront hin, wo ein winziges Fenster mit blinden Scheiben verglast war und stieß sie mit dem Schwert aus dem Rahmen; polternd fielen sie auf den Gehsteig, um dort klirrend in Scherben zu zerbersten; einige Passanten blickten vorwurfsvoll nach oben …

Gerade eben noch sahen wir einen geckenhaft, modisch gekleideten Blondschopf in der Menge untertauchen; es bestand also kein Zweifel daran, dass es derselbe Mann war, der schon gestern Abend versucht hatte, Fabiola zu erschießen; und heute waren die Iden des Augustus gekommen ... Fürs Erste ließen wir Fabiola im Büro zurück, und während wir nach unten polterten, betrat Galba mit seiner kleinen Eskorte schon das Haus; fast gleichzeitig trafen wir im Atrium zusammen, und der Anblick, der sich uns bot, war grässlich:

Ursus, der ehemalige Faustkämpfer, schwamm im eigenen Blut, das sich sternförmig um seinen Kopf ausgebreitet hatte; er lag wie ein Gekreuzigter auf dem Rücken, die Beine angewinkelt, das Gesicht furchtbar verzerrt, und seine Kehle war fast von Ohr zu Ohr abgeschnitten; Rufus beugte sich darüber und nickte nur; es war dieselbe Klinge desselben Mörders.

Galba riss die Decke vom nächsten Tisch herunter und breitete sie über der Leiche aus, während Fabiola ganz langsam und vorsichtig die Stiege herunter kam, um dann heulend neben dem toten Boxer stehen zu bleiben; bevor wir Galba noch berichten konnten, was geschehen war, sagte er dumpf:

»Nach dem Tod des *Aemilius* schwindet hier die letzte Hoffnung, etwas über den Killer herauszufinden; keiner lebt mehr, den wir über den großen Blonden vernehmen können; oh, verdammt!«

»*Tot*!? Auch Aemilius tot?«, rief ich in den Raum hinein, dass es abscheulich von den kahlen Wänden widerhallte:

»Man hat einen Mann, der so aussieht wie der Gesuchte, aus dem Tiber gefischt, klein und fett; er war aber nicht ertrunken; jemand hatte ihm zuvor die Kehle abgeschnitten ... und vielleicht hätte unsere liebe Fabia die Freundlichkeit, ihn nachher zu identifizieren; schließlich war er einmal ihr Vertragspartner.«

»Das, das war vorhersehbar«, murmelte Rufus, aber wir konnten nichts für ihn tun; er war bekanntlich untergetaucht.«

»Wie auch immer«, sagte Galba streng, »hier mitten in der Sportschule ist ein weiterer Mord geschehen, und ihr habt ihn nicht verhindert; ich werde zwei Mann als Wache zurücklassen; in der Zwischenzeit sollten wir bei Marcellus vorstellig werden, um ihn in alle Einzelheiten des Geschehens einzuweihen ...

...ach übrigens: Warum habt ihr ihn nicht wenigstens erwischt oder fest gehalten? Wieso konnte er euch entkommen?«

»*Darum*!«, sagte Rufus und zeigte auf den blutigen Verband

an der linken Seite von Fabiolas Brust, aus dem immer noch das frische Blut hervor quoll:

»Er gab einen Schuss ab, aus dem Hinterhalt, auf ihr Herz gezielt, fehlte um Haaresbreite und haute dann ab; solange er unten vor der Treppe stand, wäre ein jeder von uns, der das Büro des toten Aemilius verlassen hätte, um die Stiege hinunter zu eilen, eine leichte Beute seiner heimtückischen Pfeile geworden, auch wenn der Killer zum Glück kein besonders guter Schütze ist ...

...und äh ... lass Fabiola aus dem Spiel, wenn es um die Identifizierung der Wasserleiche geht; ich hatte schon mehrfach mit Aemilius zu tun, konnte ihm aber bisher nichts nachweisen; einige seiner Männer sind freilich aufgrund meiner Ermittlungen festgenommen worden; *ich selbst* werde ihn mir anschauen ...

...und was Fabiola anbetrifft:

Sie ist einem Nervenzusammenbruch nahe; ich kenne da eine feine Unterkunft, wo sie absolut sicher ist; mehrfach schon habe ich sie verwendet, und dort wollen wir sie unterbringen; ein Soldat als Wache in der Pförtnerloge kann nicht schaden ...«

Fabiola nickte Rufus dankend zu; wir nahmen sie in unsere Mitte und verließen das unheimliche Haus; im Gehen klagte meine Flamme dann über unerträglichen Durst; ich spendete ihr an der nächsten Eck-Kneipe[64] einen großen Becher feurigsten Sizilianers, und *das* schon zur Mittagsstunde ... und welche Blicke mir Rufus jetzt wieder zuschleuderte!

Als Fabiola ihren Durst gestillt hatte, ging es ihr wieder besser, und wir konnten den Weg fortsetzen.

---

64 Die Römer liebten ihre Stehkneipen und Schnellrestaurants; sie waren häufig an Straßenkreuzungen oder anderen markanten Stellen als hufeisenförmige gemauerte Theken angebracht, oft mit Marmorplatten verkleidet, vor denen die Gäste standen und zechten; hinter der Theke wuselten die Kellner hin und her, um die Besucher mit Speis und Trank zu bewirten; schöne Beispiele sind noch heute in Pompeji zu bewundern.

8. Fabiola und die neue Herberge

Auf unserem Rückweg zum Revier spähten wir ständig in alle Richtungen, aber keine einzige verdächtige Person ließ sich blicken; Rufus ließ es sich dabei nicht nehmen, Fabiola süffisant nach dem Befinden als ehrenhaft gekleidete römische *Matrona* zu fragen; sie entgegnete tief aufseufzend und die mit Schweißperlen übersäte Stirn mit dem Ärmel wischend:

»Ein ganzes Königreich und mehr für mein luftiges hautfreundliches Hemdchen, das ich unwiederbringlich in der letzten Herberge zurück gelassen habe; oh, wie ich es vermisse!

Und wie das Zeug, das man mir aufgezwungen hat, kratzt! Ganz besonders die grässliche Unterwäsche: Um mein Unglück zu vollenden, hat mir der grausame Doktor das Mieder derart gewaltsam um den Leib geschnürt, dass ich fast ersticke; und erst der Durst! Ich verschmachte; wollt ihr, dass ich verdurste?«

Weder Rufus noch ich antworteten ihr darauf; wir schmunzelten nur über ihre Auslassungen, blickten einander ins Gesicht und waren froh, dass sie jetzt so unauffällig daher kam; schließlich gelangten wir auf allerlei Umwegen durch wenig belebte und daher umso übersichtlichere Gassen zu einer kleinen verschwiegenen Pension, um unsere Schutzbefohlene dort unterzubringen:

Ein Zimmer im Obergeschoss war frei, unerreichbar selbst für den besten Fassadenkletterer denn die Außenwand war glatt und ohne Kanten und Fugen; nach dem Korridor hin war der Raum durch eine massive Tür aus Eichenholz gesichert, deren drei nur von innen zu öffnende Riegel ihn zur Festung machten; Rufus hatte ein Zimmer mit Nasszelle gewählt, damit Fabiola nicht den geringsten Anlass hätte, hinaus zu gehen.

Nach der Straßenseite hin hatte ihre kleine Suite ein Fenster, das gegen die unerträgliche Hitze mit Klappläden geschützt war; davor befanden sich zwei mit Kissen gepolsterte Korbsessel und ein runder Tisch, der auf drei kühn geschwungenen Beinchen ruhte.

Nach hinten hinaus, auf der noch einigermaßen erträglichen Nordseite des Hauses, befand sich ein bequemes Bett und ein kleiner Schrank aus Kastanienholz; durch das weit geöffnete

Fenster ging der Blick hinunter in einen lieblichen Ziergarten, aus dem uns Zwitschern der Vögel entgegen hallte, untermalt vom Plätschern eines Brunnens.

Rufus hatte weder für das beruhigende Geräusch des Wassers noch für den vielstimmigen Vogelsang etwas übrig; vielmehr untersuchte er Riegel und Festigkeit der Tür aufs Genaueste; er war nicht vollkommen zufrieden und sagte gedehnt:

»Ziemlich altersmorsches Ding; ich glaube, mit Anlauf könnte ich sie eintreten; nun ja, besser als nichts ...«

»Ich habe durchaus nicht die Absicht, den Rest meines Lebens in diesem Gelass zuzubringen«, murrte Fabiola verbissen, »und ich weiß, dass einer von uns beiden sterben muss, entweder der Killer oder ich; gut, meinetwegen, darauf sollte man es eben ankommen lassen; und es wäre besser, wenn ihr mich frei laufen ließet, statt dass er mich hier in meinem Zimmer überfällt, um mir die Kehle abzuschneiden; ich denke, vor ihm bin ich nirgendwo sicher; am besten, ich gehe auf dem *Marsfeld* spazieren, und ihr folgt mir unauffällig, bis ihr ihn erkannt habt, um ihn zu erschießen oder abzustechen, ganz, wie es beliebt.«

»Kommt überhaupt nicht in Frage«, sagte Rufus barsch, »und davon verstehst du nichts, meine Liebe; wir haben es hier mit einem der gerissensten Verbrecher Roms zu tun; und wenn wir dein Plänchen verfolgen, sind wir noch heute alle tot; auf dem Marsfeld ist abends nämlich kaum ein Mensch zu finden, und der Killer ist ein verflucht ausgekochter Bogenschütze, einer, der aus dem Hinterhalt heraus angreift, *überfallartig*; bleibe also gefälligst auf der Bude, denn wir haben nur dann eine Chance, wenn er seine Sache aus purer Eitelkeit überstürzt; und genau damit rechne ich.«

Fabiola widersprach jetzt nicht mehr, und ehe wir bis drei zählen konnten, hatte sie die grässlich wollene Palla über den Kopf gezogen und das Untergewand hoch gehoben, um auf das grässlich einschnürende Mieder zu zeigen; ich erbarmte mich und lockerte die hindurch gezogene Schnur; sie streifte es über das Gesäß nach unten, während sie das Hemd an sich herab gleiten ließ, um die Blöße zu bedecken und trat das Folterinstrument verächtlich beiseite; dann schlüpfte sie aus den

Sandalen: Nur noch im luftigen Unterkleid dehnte und streckte sie sich genüsslich; Rufus lächelte ihr nachsichtig zu; mich überrollte eine neue heiße Woge, gemischt aus Liebe und Leidenschaft, und ich konnte die Augen nicht von ihr losreißen, während mein Freund leise in sich hinein kicherte.

Rufus zupfte mich schließlich an der Tunika; ich nickte, wir gingen hinaus; er deutete im Gehen auf die Riegel; Fabiola nickte verstehend und sagte noch:

»Warum kann der Doktor nicht bei mir bleiben?«

»Weil wir ihn noch brauchen«, sagte Rufus, »außerdem war euer Hochzeitstag schon gestern; heute ist der Alltag eingekehrt; lebe wohl, meine Bezaubernde!«

Wir gingen, Rufus tänzelnd leichtfüßig, ich schleppenden Ganges und schwer enttäuscht.

Nachdem sie sich eingeschlossen hatte, ließ Galba einen Soldaten am Eingang auf Posten gehen, und wir setzten den Weg zum Tribunus fort, nicht, ohne uns ununterbrochen umzusehen; doch alles blieb ruhig, *verdächtig ruhig*«, wie Rufus mir mehrfach ins Ohr flüsterte, denn er hatte das untrügliche Gefühl, dass uns trotz all unserer Vorsicht jemand folgte oder gefolgt war, so leise und sachte wie eine Katze auf Samtpfoten.

Endlich im Revier angekommen, fanden wir einen geradezu tobsüchtigen Marcellus vor; obwohl er erst gestern *dafür* gewesen war, dass ich mit Rufus alleine zur Sportschule gingen, fand er es jetzt auf einmal unverantwortlich, dass wir ihn nicht rechtzeitig eingeschaltet hatten; er brüllte:

»Das hat man nun davon, wenn man einem neunmalklugen Privatdetektiv solch eine heikle Aufgabe zuschustert, samt seinem klugscheißerischen Herrn Doktor, nur weil ihr beiden uns gelegentlich einmal einen kleinen Dienst erwiesen habt ...

Und prompt habt ihr die Sache vermasselt, und das mehr als *gründlich*; Roms berühmter Detektiv«, höhnte er, »hat es nicht bemerkt, dass er beschattet wurde; und dann lässt er den einzigen uns verbliebenen Zeugen unbewacht zurück, um ihn schutzlos dem Mörder auszuliefern und setzt auch noch das Leben dieser dämlichen Ziege ... wie hieß sie doch gleich? ... dieser zu lang geratenen ... äh ... *Claudiola* oder so ähnlich aufs Spiel, und was habt ihr denn herausgefunden, was ich noch nicht längst schon weiß?« – »Immerhin einiges, denn ich habe ihn ja gesehen, und das in der gleißenden Mittagssonne«, sagte Rufus:

»Er hat ungefähr meine Körpergröße, ist sehr schlank, ungemein sportlich; große nervige Hände; flink auf seinen Füßen, deren Größe wir ja schon kennen; er hat seine Haarfarbe nicht verändert, was auf großes Selbstbewusstsein schließen lässt; er trug eine leuchtend weiße purpurverbrämte Tunika, aus edelster Seide gewebt, welches mit einem von leuchtend roten Steinchen besetzten Gürtel samt silberner Schnalle gehalten ist; neben dem uns bekannten Bogen ist er mit einem feinen kleinen Schwert ausgerüstet, das er unter dem Gewand verborgen trägt; es zeichnet sich ein Wenig ab.

An den Füßen trägt er die feuerroten Calceï[65] der senatorischen Oberklasse, aus der zu stammen er jedenfalls vorgibt; die Schäfte sind mit grünlich schillernden Perlen verziert; die Farbe seiner Augen ist übrigens dunkelblau; rechts auf der Stirn hat er recht frische Verletzungen, welche mich an Kratzspuren erinnerten; er hat sein Gesicht auf weibische Art geschminkt, die Lippen rot; die Augen blau ummalt; die Wangen rosarot gefärbt; ein eitler Pfau also.«

»Wunderschön beobachtet, wie immer, mein lieber Rufus«, sagte Marcellus, »den Steckbrief hätten wir also zusammen; aber bis ich ihn in unseren lahmarschigen Acta Diurna[66] veröffentlichen kann, werden bis zu drei Tage vergehen; und sind nicht heute die Iden des Augustus? Muss diese ... äh ... *Fabia* nicht vertragsgemäß bis morgen Abend umgebracht sein?«

»Wir haben sie auf Nummer Sicher untergebracht«, sagte ich und nannte die Herberge, wo sie sich eingeschlossen hatte:

»Wenn sie nicht von selbst aufmacht, dann kommt keiner an sie heran; außerdem schiebt einer von Galbas Soldaten vor der Loge des Türhüters Wache ...«

---

65 Calceï sind kostbare Schuhe, die im Fußbereich an Sandalen erinnern können; sie haben aber einen Schaft aus butterweichem Leder; er wird beidseits der Wade durch lange, durch Ösen gezogene Schnürsenkel am Bein festgezurrt.
66 Acta Diurna (Tagesanzeiger) hieß Roms Zeitung, die als Wandzeitung publiziert wurde; der Diktator Julius Caesar soll sie gegründet haben.

»Bei Weibspersonen muss man mit jedem Quatsch rechnen, sogar, dass sie den Mörder aus freien Stücken einlassen, und sei es aus purer Neugier; alles schon vorgekommen«, grummelte Marcellus verdrossen, denn er konnte an unseren Vorkehrungen diesmal nichts aussetzen.

Dann führte er uns in seinen Eiskeller, um Rufus die aus dem Tiber gefischte Leiche vorzuführen; der beugte sich über den nackten Toten, um ihn genauestens in Augenschein zu nehmen; nach geraumer Zeit der genauesten Untersuchung sagte er:

»Es ist tatsächlich *Aemilius*, Inhaber der kleinen Gladiatorenschule, daran besteht kein Zweifel; umgebracht wurde er auf die gleiche Weise und mit demselben Dolch wie die beiden anderen; die Würgemale an seinem Hals zeigen freilich, dass er schon so gut wie erstickt, wahrscheinlich bewusstlos war, bevor ihm sein Bezwinger den Hals abtrennte; er hatte große nervige Hände, wie die Male beweisen; und *hier*«, Rufus deutete auf Verfärbungen an der Brust des Toten, »hier sind noch Spuren eines erbitterten Kampfes zu erkennen; Aemilius hat sich nicht freiwillig in sein Schicksal gefügt; ferner sind Spuren der Haut des Angreifers unter seinen Nägeln zu erkennen; der Mörder muss im Gesicht gezeichnet sein; ich denke, wir wissen, wer er ist.«

»Machen wir es doch kurz«, murrte Marcellus, »wir haben es inzwischen mit drei Morden ein und desselben Täters zu tun; wie er aussieht, wissen wir, und wir wissen, wie er sich kleidet und auch sonst so ziemlich alles über ihn; hehehe! Wir müssen ihn nur noch festnehmen ... und das, bevor es zum vierten Mord kommt und mir eine auffällig große Frauenleiche angeliefert wird ...

Nun, ich werde alle Stadtsoldaten auf Patrouille schicken und ebenso meine Geheimagenten in Zivil; vielleicht lässt er sich ja irgendwo blicken; wenn nicht, geht das verdammte Nervenspiel weiter und in die kommende Runde; ich möchte nur wissen, was er als Nächstes vor hat.«

»Wie immer«, sagte ich, »bevor wir ihn nicht haben, ist die Gefahr für Fabiola nicht gebannt.«

Rufus zuckte mit den Achseln; wir konnten im Grunde

nichts anderes tun als auf einen Fehler des Gegners zu warten; an den großen Zufall, dass er den Leuten des Marcellus in die Hände fiele, konnte ich nicht recht glauben; dafür ist Rom zu groß; dafür wimmeln zu viele Leute in seinen engen Gassen herum; die blinde Suche in der Millionenstadt scheidet also aus, aber ich hatte da eine andere Idee; sie durchzuführen überstieg aber unsere Möglichkeiten und war ohne Marcellus nicht durchzuführen; ich sagte:

»Es ist jetzt um die Mittagszeit an den Iden des Augustus; der Mörder hat nur noch bis morgen Abend Zeit, seinen Auftrag vereinbarungsgemäß auszuführen; bringt er nichts zustande, ist er in seiner Zunft der Blamierte; also wird er alles daran setzen, erneut in Fabiolas Hotel einzudringen; Rufus hat ihn ja beschrieben:

Er ist ungemein kühn, verschlagen wie ein Luchs und zu allem bereit; ich werde das Gefühl nicht los, dass er uns unauffällig gefolgt ist und ganz genau weiß, wo Fabiola zu finden ist; einzig der Soldat im Eingang steht ihm noch im Weg ...«

»Ich verstehe, was du meinst, lieber Doktor«, sagte Marcellus, »und ich werde den Mann umgehend abberufen lassen; mein Adjutant«, er zeigte auf Galba, »der sein unmittelbarer Vorgesetzter ist, hat sich um alles zu kümmern ...«

Galba ist ein tüchtiger Polizist und genießt in Roms Unterwelt einen guten Ruf, aber das Kombinieren ist ihm nicht gegeben, und er gilt als begriffsstutzig; fragend schaute er Marcellus ins Gesicht, bis dieser deutlicher wurde:

»Nimm deinen Mann von der Rezeption fort und kleide deine gesamte Mannschaft in Zivil, die Waffen hübsch im Gewand verborgen; dann sorgst du dafür, dass die Gasse, in der das Hotel steht, auf beiden Seiten jederzeit von deinen Leuten zugesperrt werden kann; wenn du Verstärkung brauchst, ist sie gewährt; das eine Ende der Gasse endet ohnehin an einem Wendehammer; das andere mündet in die *Via Lata*, eine unserer Hauptstraßen; genau dort muss man ganz besonders gut aufpassen; wenn der Verbrecher sich dann ins Hotel einschleicht, lassen wir die Falle zuschnappen.«

Rufus sah zweifelnd aus der Wäsche; ihm dünkte das alles ein Wenig zu simpel; er murmelte:

»Der Killer war uns bisher immer einen Schritt voraus, indem er unser Handeln jede Mal mit einplante; warum sollte es diesmal anders sein? Was Sokrates dachte, wird er selbst auch denken und fest damit rechnen, dass man ihm genau diese Falle stellt; und er wird sich ein Gegenmittel einfallen lassen, fürchte ich.«

»Schön und gut«, murrte Marcellus, »aber was sonst könnten wir tun? Vielleicht hat Roms bekanntester Privatdetektiv ein schlaueres Plänchen als die Ordnungskräfte des Kaisers.«

»Wir müssen zunächst einmal mit den Gedanken des Killers beginnen«, sagte Rufus gedehnt:

»Er wäre von allen guten Geistern verlassen, wenn er schon wieder in der von mir beschriebenen Gestalt auftauchte; also wissen wir nicht, nach wem wir Ausschau halten können, und die Gegend ist von Fußgängern überfüllt.«

»Da hast du recht«, sagte ich, »an seiner Stelle zöge ich eine Perücke über die Haare, wüsche die Schminke herunter und kleidete mich so, wie das Tausende nicht so gut betuchter Römer tun; ich würde demnach als Mensch der Masse auftreten, vielleicht sogar mit einer auffällig unauffälligen Kiepe auf dem Buckel und böte den Leuten etwas zum Essen an, oder ...«

»Vielleicht, vielleicht auch nicht; es bringt uns keinen Schritt weiter, zu spekulieren, was er tun *könnte*; wir haben es hier mit einem äußerst intelligenten Verbrecher zu tun, der mir auf Augenhöhe begegnet; und er weiß, dass er uns stets einen Schritt voraus ist, das ist es; und dennoch werde ich ihn zur Strecke bringen, so wahr ich Rufus bin«, sagte Rufus zähneknirschend.

»Also gut«, mischte sich Marcellus ein, »ich habe meine Befehle gegeben; Galba wird sich um die *Korbmachergasse*[67] kümmern und sie vor allem am Übergang in die Via Lata sperren;

---

67 Roms Gassen waren teilweise nach den dort tätigen Handwerkern benannt; die ebenfalls schon erwähnte Via Lata (Breite Straße) ist hingegen eine der größten Roms und führt hinaus ins Marsfeld, dem Ort längs des Tiberufers, wo sich tagsüber die Amateure der Athleten nur so tummelten, während nachts dort gespenstischen Stille herrschte; am Rande des Marsfeldes befand sich das Stadion des Domitianus, das uns schon begegnet ist (s. Anm. 50); an seiner stumpfen Seite (der Startseite der Wettläufer) war ein Odeum angebaut, ein kleines, feines Schauspielhaus, das uns noch begegnen wird.

mehr kann ich nicht tun, und der Fall eurer Fabia ist nicht mein einziger; die Sonne steht schon tief; ich denke, es wäre das Beste, lieber Rufus, wenn du dich samt deinem Assistenten in dieselbe Gasse begäbest, um die Sache auf deine Weise zu begleiten.«

»Ich denke, es wäre das Beste«, sagte ich und blickte Rufus fragend an:

»Gewiss, lieber Doktor«, sagte Rufus, »denn leider sind meine Nachforschungen nach der Identität des Mörders im Sande verlaufen und niemand scheint ihn zu kennen, nicht einmal der beste meiner Spitzel in Roms Unterwelt.«

»Das ist bedauerlich«, sagte ich, »dass keiner weiß, wer der lange Blonde mit den großen Plattfüßen ist.«

»Er ist ein *Blondierter* mit *Senkfüßen*«, korrigierte mich Rufus lächelnd, während wir mit einem flüchtigen »Vale, Marcelle« das Revier verließen, um in möglichst langen Schritten zum Hotel zu eilen, wo wir meine Süße untergebracht hatten; mir war kribbelig und mulmig zugleich zumute, denn die Entscheidung musste unmittelbar bevorstehen, und ich tastete heimlich nach meinem Dolch:

»Das wird dir nichts nützen«, sagte Rufus, »denn der Killer bedient sich einer, wenn ich das so sagen darf, *Mittelstreckenwaffe*, der man, nur mit Schwert und Dolch bewaffnet, hilflos ausgeliefert ist, und nicht einmal mein feines Kettenhemd kann diese extrem feinen und spitzen Pfeile aufhalten; sie werden mir gegebenen Falles mit tödlicher Wirkung durch die Maschen schlüpfen.«

»Und was sollen wir dagegen tun?«

»Der Umweg über mein Haus ist gering; wir holen von dort meinen Bogen und einen Köcher voller Pfeile; bist du in der Lage, mir notfalls zu assistieren, damit ich möglichst viele Geschosse in möglichst kurzer Zeit hintereinander auf die Reise schicken kann?«

»Gewiss; ich kenne mich da aus; und es ist ja auch nicht das erste Mal, dass wir davon Gebrauch machen müssen.«

»Gut; so lass uns sputen.«

Wir rannten wie verrückt durch die kochende Hitze des späten Nachmittages an den Iden des Augustus, bis wir keuchend das befestigte Stadthaus meines Freundes erreicht hatten; der Diener, der den Eingang bewachte, brachte die gewünschten Geräte im Handumdrehen; in gleicher Eile hasteten wir über die Via Lata zur winzigen Korbmachergasse und rannten sie aufwärts.

Schweißtriefend erreichten wir das besagte Hotel; Rufus hatte ein ungutes Gefühl; er sprang die Treppe hinauf, indem er jedes Mal zwei Stufen auf einmal nahm; ich versuchte, mit ihm im Stakkato der Füße Schritt zu halten.

Schon waren wir oben angekommen und stürmten durch den im Halbdunkel liegenden Gang zu Fabiolas Zimmer:

Die Tür stand sperrangelweit offen und bewegte sich knarrend im Sommerwind, der durch die weit aufgerissenen Fenster eindrang, um dann über den Korridor ins Treppenhaus hinein und hinunter zu fauchen.

Rufus zog das Schwert; ich zückte den Dolch; geduckt und auf Zehenspitzen gehend schlichen wir uns hinein, womöglich den Mörder erwartend, aber ihr Zimmer, das wir nun betraten, war leer; unruhig bewegten sich die Läden des zur Straße gehenden vorderen Fensters im Luftzug und ließ uns ein unangenehmes Quietschen der rostigen Angeln vernehmen:

»Sie ist weg«, sagte Rufus atemlos, »oh, verdammt, sie ist weg; sie ist ohne Zwang gegangen, ganz und gar freiwillig, wie der Zustand des Zimmers beweist, und ich hatte ihr doch eingeschärft, den Raum auf keinen Fall zu verlassen, bevor wir nicht zurück wären; dennoch hat diese dusselige Kuh das Haus verlassen!«

»Unmöglich, vollkommen abwegig, sie muss noch hier sein«, erwiderte ich und schnappte nach Luft wie der Fisch auf dem Trocknen, »sieh doch nur dort am vorderen Fenster! Auf den alten Korbsessel liegen fein säuberlich gestapelt all die Kleider, welche du ihr besorgt hast.«

Ich ging hin und zeigte auf die altmodischen Klamotten: Die lange wollene Palla und das kratzige kurze Unterkleid; das grobe Hüfttuch und das folternde Mieder, alles war da; nur die Sandalen fehlten, wie mir meine Blicke gen Boden erwiesen, und vor meinem geistigen Auge sah ich sie schon wie die reinste Venus durch Roms Straßen lustwandeln ...

»Du hast wieder einmal vollkommen recht«, sagte Rufus, breit grinsend, »ihre feinen Sandalen sind verschwunden, zweifellos, und auf ihnen ist deine Süße demnach aus diesem schönen Haus stolziert, um sich unsichtbar zu machen, vollkommen nackt natürlich, wie du in deinem Wahne annimmst; und das Tollste:

Unser Galba schiebt am Eingang Wache; er kennt sie; er weiß, wie sie aussieht, ganz gleich, ob sie angezogen ist oder nicht und hätte sie auf jeden Fall aufhalten und ins sichere Zimmer zurück bugsieren müssen, verdammt noch mal!«

»Unmöglich«, sagte ich, immer noch von ihrer Nacktheit überzeugt, »sie kann doch nicht ohne Kleider davon gelaufen sein; so etwas würde sie nie tun; aber die Sachen liegen tatsächlich noch hier herum; sie wird doch nicht etwa ... und in diesem Zustand mitten in Rom? Das wäre ja skandalös!«

Rufus grinste boshaft und knurrte durch die zusammen gebissenen Zähne hindurch:

»Hättest du vorhin deine Augen offen gehalten, wäre dir, als wir deine, *äh*, frisch gebackene *Frau* hier einquartierten, aufgefallen, dass ich im Gehen schlicht und ergreifend ihre *beiden Lieblingskleidungsstücke* aus dem Bausch des Gewandes hervor gezaubert und über die Lehne dieses Sessels da geworfen habe.

Aber du hattest ja nur Augen für die Süße und nichts für derartig Nebensächliches; und was war mir das Mädchen so dankbar dafür! Hehehe! Ihre Glutaugen werden mich bis in mein letztes Stündlein nicht mehr loslassen; eine große Mieze; na, was sagst du jetzt?«

»Wenn ich lange genug nachdenke und mir die Sache in aller Ruhe überlege«, sagte ich gedehnt, »dann meinst du, sie hat sie nur in Sandalen, dem kurzen Sack aus Seide und ihrem kleinen Lendenschurz am Leib das Hotel verlassen, so luftig wie gestern gekleidet, oder etwa nicht?«

»Du hast wieder einmal hervorragend kombiniert, mein lieber Freund«, höhnte Rufus kichernd und händereibend, »und das ist deine sogenannte *Unschuld vom Lande*, nicht wahr? Dein angeblich so liebes, so keusches Mädchen?! Neuerdings soll sie die Frau des Doktor Sokrates sein, vorerst freilich noch in wilder Ehe ... und läuft herum, als wenn sie von Männern nicht genug bekommen könnte; ich denke, die Süße hat einiges an Nachholbedarf ...

...und vor dem Tode hat sie anscheinend weniger Angst als vor etwas ganz Bestimmtem anderen, hihihi, das wir beiden, besonders *du* als *Arzt*, in unserer grundfalschen Denkweise leider nicht berücksichtigt und in unsere sonst gar nicht so üblen Überlegungen nicht eingeplant haben; und genau aus diesem Grund ist sie uns prompt entwischt.

Wenn meine Theorie stimmt, und höchstwahrscheinlich stimmt sie, könnte, ja *müsste* Fabia jeden Augenblick wieder hier sein; falls nicht, hat sie der Killer vielleicht schon längst ... oh, undenkbar ... wenn das geschehen wäre ... oh, diese blöde Ziege! Warum hat sie nicht auf mich gehört und sich beherrscht?«

Ich ärgerte mich tierisch darüber, dass Rufus meine Geliebte jetzt schon zum zweiten Mal mit dieser gescheckten Kreatur gleichgesetzt hatte, entgegnete ihm aber nichts; dazu war die Lage zu ernst und zu kritisch: In Gedanken sah ich ihr nämlich bereits den Mörder mit gezückter Klinge hinterher eilen, um ihr erbarmungslos die Kehle abzuschneiden ...

Wir eilten über den düsteren Gang und dann die steile Treppe hinunter, hin zur Loge des *Janitor*, der gerade hörbar sein Nickerchen machte:

Galba in Zivil lehnte gegenüber an der Wand, starrte gelangweilt ins Endlose und hielt sich beim Gähnen die Hand keineswegs vor das weit aufgerissen Maul ...

Draußen hasteten lärmend die Passanten vorüber, ein unaufhörlicher endloser Strom durcheinander wuselnder Ameisen in beiden Richtungen, Fabiola nicht darunter; ich war geschockt und blinzelte in die untergehende Sonne, die Straße hinauf und hinunter, als könnte ich die Geliebte dadurch herbei zwingen, aber nichts geschah, und keine Frau im hellblauen, zu kurz geratenen Flatterkleidchen ließ sich blicken; es war zum Verzweifeln ...

»He! Galba! Wach auf!«, brüllte Rufus. Der Hauptmann zuckte merklich zusammen. »Fabia ist weg«, schrie Rufus.

»Unmöglich; ich hätte sie auf jeden Fall vorbei kommen sehen müssen«, entgegnete Galba schläfrig und gähnte abermals.

»Es ist aber so«, sagte ich, »sie ist verschwunden.«

»Aber hier ist niemand rein gegangen und sie ist auch nicht vor die Tür gelaufen, da bin ich mir sicher.«

»Trotzdem ist sie fort«, sagte Rufus, »und was hast du deinen als Zivilisten verkleideten Soldaten gesagt?«

»Ich habe ihnen eure Fabia so beschrieben, wie wir sie hierher gebracht haben, in allen Einzelheiten; dazu gehört auch die auffällige altrömische Palla, die bei dieser Hitze zurzeit sonst kaum eine Frau trägt; wenn Fabia die Gasse entlang gelaufen wäre, hätten sie sie auf der Stelle zurück gebracht; das war meine Order.«

»Sie steckt aber im nicht in der altrömischen Palla sondern im luftigen hellblauen Hemdchen, welches sie schon gestern trug«, wandte ich zögerlich ein.

»Oh, *maledicta maxima Merda*!«, grummelte Galba, »für die Weiber gilt doch stets der uralte Spruch: mal bloß keinen Blödsinn vermeiden!«

»Aber du hättest sie auch in dieser Montur erkennen müssen, auf jeden Fall«, sagte Rufus:

»Natürlich; und ich hätte sie sofort aufs Zimmer bugsiert.«

»Dann denke mal gründlich nach! Es muss im Moment einer winzigen Unachtsamkeit oder deiner noch so kurzen Abwesenheit geschehen sein.«

Galba wies auf die andere Straßenseite; ein offener Torbogen führte in das hässliche Gebäude hinein; davor lümmelte sich ein Sklave und hatte einen Eimer Kupfermünzen vor sich stehen; über dem Eingang stand in Großbuchstaben: LATRINA PUBLICA.

»Ich musste mal; die Blase war randvoll und am Überlaufen; ich sagte dem *Janitor*, er solle niemanden hinein und heraus lassen, bis ich vom unvermeidlichen *Meiere*[68] zurück wäre; als ich nach kürzester Zeit wieder auf dem Posten war und ihn fragte, ob etwas geschehen sei, antwortete er mir, es sei alles ruhig geblieben; vor allem aber sei keine Dame in der altrömi-

---

68 Dass eine Latrina Publica der öffentliche Ort für alle ist, die sich erleichtern wollen, weiß der aufmerksame Leser schon seit Fußnote 38; das kleine Geschäft heißt auf Lateinisch meiere, das große cacare; die jeweiligen Produkte heißen urina und merda.

schen Palla erschienen, um ihn zu bitten, die Pforte zu öffnen.«

»Dann hat der Mistkerl dich angelogen.«

»Das werden wir ja gleich sehen«, sagte Galba und stürzte sich zur Loge des *Janitors*, der ihm mit vor Angst weit aufgerissenen Augen entgegen sah:

»Du dreckiger Sklave! Du verlogener Schuft! Sage uns auf der Stelle, was in meiner Pinkelpause geschehen ist, also vor wenigen Augenblicken, falls du nicht den Löwen der Arena vorgeworfen oder ans Kreuz genagelt werden willst.«

»Nichts, nichts besonderes, edler Herr Hauptmann«, flötete der verängstigte Diener, »es kam nur eine sehr schöne Dame an meine Loge und bat mich, sie hinaus zu lassen; sie war aber das genaue Gegenteil von der Frau, auf die ich achten sollte:

Es war keine züchtige römische Matrona, einmal abgesehen vom hoch gesteckten Haar; sie sah eher aus wie eine ... äh ... eine ... äh ... vom horizontalen Gewerbe, eine verdammt mondäne, nur im hellblauen Unterhemdchen, und ich ... weil sie mich so lieblich und süß angesehen hat und darum bat, hinaus gelassen zu werden, da habe ich sie ...«

»Du Dorftrottel, du Hornochse«, brüllte Galba, »das war sie, *sie* und keine andere; und du hättest dir ja denken können, dass sie sich bei diesem Backofen *um-* äh, *aus*gezogen hat; oh, diese verflixten Weiber! Immer dieselbe *Merda*!«

»Wer kann bei dieser Affenhitze schon noch denken«, murrte der Sklave und blickte ängstlich zu Boden.

»Lass ihn in Ruhe, den armen Kerl«, sagte Rufus, »wir haben allesamt Fehler gemacht, mehr als genug, einmal abgesehen von Sokrates, der rein gar nichts gemacht hat, nicht einmal einen Fehler, und immer war uns der Mörder einen Schritt voraus; jetzt ist es nicht an der Zeit, uns gegenseitig das Versagen um die Ohren zu hauen, wir müssen handeln, sonst ist Fabia eine Beute des Hades, falls sie es nicht längst schon ist.«

Ich erbleichte auf den Tod; ich bebte am ganzen Körper; ich kämpfte mit den Tränen; die Kehle war mir zu trocken, um Rufus noch etwas zu entgegnen; er sagte zu Galba: »Wo ist hier die nächste Eckkneipe?«

»Erst dort, wo die Korbmachergasse in die Via Lata mündet; hier in der Nähe gibt es keine einzige Wirtschaft; zu eng; kein

Platz; aber warum fragst du danach? Hast du etwa Durst?« –
»Das auch«, sagte Rufus, »und nicht wenig; aber darum geht es
nicht; los, Sokrates, lass uns dort hin eilen; und du, Galba, bleibe bitte hier auf dem Posten; vielleicht kommt die Ausreißerin
ja noch zurück, und dann weißt du, was zu tun ist: Sperr sie ein
und schlage deine Zelte vor ihrer Zimmertür auf!«

Mein Rufus sprang in Riesensätzen die Korbmachergasse
hinunter; ich folgte ihm im trommelnden Stakkato der Füße
und holte ihn schließlich wieder ein, während er schon, wie
verrückt gestikulierend, auf den Kellner einredete, der hinter
der Theke stand, die Hände in die speckigen Hüften gestützt,
den unvermeidlichen weißen Zylinder auf dem Kopf und die
Schürze um den Leib:

Es war ein nicht besonders schlanker Mann in der Mitte des
Lebens; leicht getönte Haut; sonst eine eher gepflegte Erschei-
nung; Schnellkoch und Bedienung in einer Person; jetzt war ich
nahe genug heran gehechelt, um Rufus reden zu hören:

»...sehr große dunkelblonde Frau in einem schulterfreien
hellblauen Unterkleid, einem fast transparenten Fummel?«

»Gewiss, edler Herr; eine solche ist vorhin hier vorbei gekommen; ich war bei ihrem Anblick ganz außer mir und habe
den Mann, der sie besitzen darf, heiß um sie beneidet ...«

Rufus warf mir einen belustigten Seitenblick zu:

»Und sie schob mir eine Silbermünze über die Theke und
verlangte einen Riesenkelch unvermischten feurigen roten Sizilianers, genau genommen wollte sie aus einem Kantharos[69]
trinken, und nur aus einem Kantharos.«

»Genau das dachte ich mir, ganz genau, und zwar in allen
Einzelheiten«, murmelte Rufus, »und was geschah dann? Nicht
wahr, sie zitterte wie Espenlaub, als sie trank, und das Zittern
legte sich danach allmählich wieder?«

»Bist du Hellseher«, fragte der Kellner erstaunt.

»Nein, nur Rufus«, sagte Rufus.

Ein Strahlen ging über das Gesicht des Barkeepers:

»Rufus, Rufus! Der berühmte Rufus! Rufus bei *mir* zu Gast!
Und dein Begleiter kann dann ja kein anderer als der in ganz

---

69 Der Kantharos: griechische Art der Trinkschale mit zwei nach oben ge-
richteten sehr großen Henkeln; man trinkt also beidhändig aus oder mit ihm.

Rom bekannte Doktor Sokrates sein.« Er schob jedem von uns einen Humpen stark verdünnten Weines hin; wir tranken durstig; er sagte:

»Geht auf die Rechnung des Hauses.«

Rufus setzte den Becher kurz ab, nickte ihm freundlich zu und stellte seine nächste Frage:

»Wohin ist die schöne Frau *dann* gegangen? *Gegangen? Nein!* Nicht wahr, sie ist fluchtartig getürmt, nachdem sich das Zittern gelegt hatte?«, fragte Rufus scheinbar streng, während ich an der leichten Rötung seines Gesichtes erkannte, dass er sich über die bewundernde Äußerung des kleinen Mannes hinter der Theke freute und stolz auf sich war; der Kellner sagte:

»Das war so: Ich stand ihr unmittelbar gegenüber; auf einmal lief sie käseweiß an, bleich, wie der Tod, als wollte sie gleich in Ohnmacht fallen; das erkannte man besonders gut an den plötzlich scharf umrissen hervorstechenden Sommersprossen; und ich mag Frauen mit Sommersprossen.«

»Ich nicht«, sagte Rufus trocken, »und was war dann?«

»Sie ist plötzlich wie verrückt davon gelaufen; ich habe ihr hinterher gerufen, dass sie noch Wechselgeld heraus kriegt, aber sie hat nicht geantwortet; dann war sie in der Menschenmenge untergetaucht; selten habe ich eine so schöne Frau von solch einer Panik ergriffen davon stürmen sehen, und indem sie rannte und dabei ihren Körper mit der Anmut der Gazelle bewegte, war ihr Anblick umso bezaubernder ... einfach süß!«

»Und sie ist natürlich in die *Via Lata* hinein geeilt?«

»Gewiss, ganz gewiss; das sah ich, indem ich ihr wie gebannt hinterher blickte und ein Weilchen noch die auf und ab gehenden Rundungen ihrer Kehrseite bewunderte; aber was rede ich noch? Du weißt wieder einmal alles im Voraus.«

»Möglichst alles zu wissen, ist mein Beruf«, knurrte Rufus, »aber bevor wir ihr folgen, noch eine letzte Frage.«

»Gerne, gerne«, sagte der Kellner:

»Ist dir irgendetwas aufgefallen? Sie muss doch einen *Grund* gehabt haben, so hektisch die Flucht zu ergreifen.«

»Ach, edler Herr Rufus«, sagte der Kellner, »bei dieser fürchterlichen Hitze herrscht stets Gedränge vor meiner Theke; alle haben Durst, während mein Schweinebraten heute der reinste

Ladenhüter ist; und da habe ich vor lauter Einschenken und Abkassieren keine Zeit mehr, die Leute zu mustern; bei dieser Frau war das freilich eine Ausnahme; sie war nicht zu übersehen ...«

»Ich will deinem Gedächtnis beistehen«, sagte Rufus, »mischte sich vielleicht unter deine Gäste ein auffällig großer hellblonder Mann, der unübersehbar teuer gekleidet und im Gesicht fast wie eine Frau geschminkt war?«

»Ja, jetzt fällt es mir wieder ein«, sagte der Kellner, »genau so sah er aus; er tauchte plötzlich an der gegenüber liegenden Flanke[70] der Theke auf und sah unverwandt zu ihr herüber; als die Honigpuppe ihn schließlich bemerkt hatte, stieß sie einen feinen Schrei aus und lief wie ein von Wölfen gehetztes Reh davon.«

»...und er hatte irgendwie zerkratzte Wangen, auch wenn er sie mit Schminke übermalt hatte?«

»...auch das! Ich staune!«

»...und besonders lange Füße, in teuren Calceï steckend?«

»Mein Herr, du scheinst ja alles zu wissen.«

»Und was hat der große Blonde dann getan?«

»Er ist lässig, wenn auch mit langen Schritten, in dieselbe Richtung geschlendert, in die meine Süße rannte; ohne die Zudringlichkeit meiner verschmachtenden Kunden wäre ich ihnen gewiss gefolgt, denn ich machte mir Sorgen um die Frau.«

»Vielen, vielen Dank für deine Auskünfte«, sagte Rufus und schob ihm einen Denar über die Theke und dann einen zweiten, »du hast uns sehr geholfen; wenn Sokrates eines Tages den Fall zu Papier bringt, wird er deine Mitarbeit zu würdigen wissen.«

Der Kellner lief vor Freude knallrot an und sagte, er habe das ja *gerne* und nicht gegen Bezahlung getan; es sei für ihn eine große Ehre, keinem Geringeren als dem berühmten Rufus geholfen zu haben; Rufus sagte:

»Lebe wohl, mein lieber Freund!«, und dann zu mir:

»Die Ereignisse sind in die entscheidende Phase getreten; es geht jetzt um alles oder nichts; leider bleibt uns keine Zeit mehr, Galba zu unterrichten; so müssen wir es mit dem Killer

---

70 Wir wagen es, das geneigte Lesepublikum daran zu erinnern, dass diese Theken hufeisenförmig angelegt waren; vgl. Fußnote 65.

alleine aufnehmen; mögen die gütigen Götter es uns gewähren, dass er Fabia noch nicht umgebracht hat; wir werden es ihm dann auf jeden Fall bitter heimzahlen.«

Ich schnappte den Bogen, den ich auf die Theke gelegt hatte und warf den Riemen des Köchers über die Schulter, und dann rannten wir wie entfesselt aus der Korbmachergasse hinaus auf die majestätische Via Lata und sie hinunter:

»Viel Glück!«, rief uns der Kellner noch hinterher, »mögen die Götter euch zum Erfolg verhelfen«, während ich meine Blicke besorgt gen Himmel richtete, denn die Sonne war soeben blutrot im westlichen Ozean untergetaucht, die Via Lata begann im Zwielicht zu verschwimmen, während sich rumpelnd bereits erste Fuhrwerke auf die Fahrbahn wagten und die Nacht der Iden des Augustus anzubrechen drohte; Rufus rief:

»Auf! Los! Zum Marsfeld!«

»*Marsfeld*? Was willst du damit sagen? Was sollen wir da? Woher weißt du?«, fragte ich keuchend.

»Fabia hat es doch selbst gesagt, dass sie am liebsten dort hin ginge, wenn man sie nur ließe; hast du das vergessen? Und diese Straße hier führt genau dort hin.«

»Ja; nein«, sagte ich verwirrt, »aber jetzt erinnere ich mich wieder dran.«

Und wir stürmten jetzt, vom Mut der Verzweiflung beflügelt, die *Breite Straße* hinunter, die immer noch lärmende Stadt hinter uns lassend, hinaus aufs weite stumme Marsfeld, das bereits von der herein brechenden Dämmerung erobert worden war und in unheimlichem Schweigen vor uns lag wie ein düsterer Drache, dem wir freiwillig in den weit aufgerissenen Rachen liefen, diese ausgedehnte Uferlandschaft mit ihren vereinzelten Platanen und Zypressen, die sich wie Gespenster im Lufthauch wiegten oder wirren Gruppen von verschiedenartigem Gesträuch:

Ein feiner Dunst oder Nebel stieg jetzt vom Fluss empor, wehte wie Geister der Verstorbenen als verfrühter Bote des Herbstes, alles nah und fern verschwimmen lassend, über die einsamen Wiesen des Marsfeldes und ließ mich trotz des warmen Sommerabends frösteln; war da nicht ein feines helles Geräusch erklungen, begleitet vom Singen der Grillen und

Schnarren Tausender von Heuschrecken? Ich hielt die Hände wie Trichter hinter die Ohren, um zu lauschen und vernahm nur noch ein allzu vertrautes Geräusch:

Im Hintergrund, den braungrünen Schleier des Schilfgürtels entlang, wälzten sich eintönig rauschend, glucksend und schmatzend die schwarzen Wasser des Tibers vorüber, auf denen noch Reste des am fernen Horizont gleißenden Abendrotes rosig flirrend flimmerten und tanzten; sonst überall nur Einsamkeit und Stille, Stille, Totenstille:

Wir lauschten und lauschten und hörten doch nur das Zischen des eigenen Pulses und vernahmen allein das ungestüme Hämmern des Herzens; niemand zu sehen; die Flut der Sportler hatte solch düstere Gefilde längst verlassen, um in der Stadt unterzutauchen und die von lodernden Fackeln erhellten Kneipen zu beleben.

Waren wir zu spät gekommen? Hatte der Mörder bereits zugeschlagen? War meine Fabiola schon von den Klauen des Todes umfangen? Wir wussten es nicht, und ich erschauerte; aber so sehr uns auch die Augen aus den Höhlen quellen mochten, wenn wir angestrengt nach ihr Ausschau hielten, wir konnten weder *sie* noch den vermeintlichen *Mörder* gewahren; hatte uns der listige Mann erneut in die Irre laufen lassen?

Wilde weibliche Schreie vom Tiberufer her ließen uns aufschrecken und unsere Haare steil empor spießen; wir zückten sofort die Waffen und eilten hin:

Ungefähr fünfzig Doppelschritte lang (*ca. 75 m.*) ist dort der Schilfwald gerodet, und die Stadt hat hier samt Geländer eine lang gestreckte hölzerne Treppe angebracht, über die man als Schwimmer gefahrlos und bequem in die Fluten des Flusses gelangen kann; von dort her drang das Kreischen einer Frau in unsere Ohren, und wir eilten hin:

Eine verspätete Schwimmerin, die scheinbar gerade eben vom gegenüber liegenden Ufer gekommen kam, hatte wohl ihre Kräfte überschätzt und trieb nun in unmittelbarer Nähe des rettenden Gestades hilflos ab und drohte zu ertrinken; wer sie war oder ob es sich um Fabiola handelte, konnten wir nicht feststellen: »Dort, wo sie bereits hingelangt ist, müsste sie längst stehen können«, murmelte Rufus.

»Aber sie hat ihre Kräfte verpufft; sie kann nicht mehr, nicht einmal mehr stehen; sie ist am Ertrinken; was sollen wir tun? Wir können sie doch nicht ihrem Schicksal überlassen!«

»Gewiss nicht, aber *du* bist diesmal dran, lieber Doktor; bis ich mich aus dem Kettenhemd geschält habe, ist sie schon dahin; außerdem sind Frauen *deine* und nicht meine Sache.«

Ich überreichte ihm Bogen und Köcher und schlüpfte aus der Tunika, meinem einzigen Kleidungsstück bei dieser Hitze; dann stieg ich vorsichtig ins Wasser und tauchte ganz langsam im kalten Elixier ein, während *sie* bereits zur Mitte des Flusses abzutreiben drohte; nicht einmal mehr schreien konnte sie:

Dann tat ich zwei drei Schritt über den schlammigen Grund, das Wasser bis über die Mitte der Brust, und ich kriegte sie unter beiden Achselhöhlen zu fassen; ich hatte erwartet, sie nackt oder im Zweiteiler der Sportlerinnen vorzufinden, aber schon beim ersten Zupacken konnte ich feststellen, dass sie in irgendeinem Kleid steckte, das ihr naturgemäß das Schwimmen erschwerte.

Eilig drehte ich sie auf den Rücken und verschränkte meine Hände vor ihrer Brust, wie ich das vor einiger Zeit gelernt hatte: Sie erschlaffte in meinen Armen, während ich sie ans Ufer zerrte und ihr auf festen Boden verhalf, um sie zuletzt mit Rufus' Hilfe wieder auf die Beine zu stellen:

Es war eine wildfremde Frau; eilig streifte ich mir das Hemd wieder über und hatte nun die beste Gelegenheit, sie im rosigen Dämmerlicht zu betrachten:

Da stand sie nun in ihrer fest am Körper klebenden und den Körper betonenden fein gewebten Frauentunika und verriet mir auf diese Weise ihren überaus schlanken Wuchs; das Kleid war ein hübsches Stück von Roms Schneiderzunft, in feinem Rosa gehalten und mit kurzen Ärmeln, aus denen sie eher dürr zu nennende Arme streckte; sie war einen halben Kopf kleiner als ich:

Ihr Gesicht erwies sich bei aller geisterhafter Blässe als regelmäßig gestaltet, die Nase spitz hervor stechend; das dunkle Haar floss ihr wirr über Schultern und Rücken; die Waden, welche unter dem Kleid zum Vorschein kamen, waren dünn wie Stecken; an den ziemlich kleinen Füßen trug sie keine Schuhe.

126

Sie schwankte und wankte und keuchte vor Atemnot; ihre Brust samt zwei zugehörigen winzigen Kegeln hob und senkte sich, als wäre sie der Blasebalg eines Schmiedemeisters; ich schätzte sie auf ungefähr dreißig Jahre; sie sah uns fragend an und begann vor Kälte am ganzen Leib zu schlottern, obwohl es immer noch unangenehm warm war, aber sie hatte sich ja dem kalten Flusswasser ausgesetzt und das Kleid, das sie trug, war triefnass.

»Man wirft das Leben nicht einfach weg, welches uns die gütigen Götter geschenkt, nein geliehen! haben«, sagte Rufus streng, »und schon gar nicht, wenn man noch so jung ist, meine Liebe; Mitte zwanzig und schon lebensmüde ...

Ich sehe ich es dir schon am Gesicht an, meine Liebe, so schwach das Licht auch sein mag; tiefste Verzweiflung steht darin geschrieben; als du dann merktest, dass es gar nicht so leicht ist zu sterben, hast du aus Leibeskräften um Hilfe gerufen und in meinem Sokrates deinen Retter gefunden.«

»Woher ... woher weißt du das alles? Ich ... ich könnte doch auch nach diesem heißen Tag eine Abkühlung im Fluss gesucht und dabei meine Kräfte überschätzt haben ...«

»*Ganz gewiss war es so*, wie sie sagte«, flocht ich ein, »denn ein junges Mädchen tut so etwas nicht.«

»*Ganz gewiss nicht*«, sagte Rufus, »denn zu so später Stunde schwimmen böse Mädchen *nur dann* im Tiber, wenn sie Selbstmordgelüste haben ... oder darauf versessen sind, dass sich ein gewalttätiger Mann über sie hermacht, *hehehe*!«

Dann knöpfte er sich die nasse Jammergestalt unmittelbar vor und herrschte sie grob an:

»Und wärst *du da* nur eine gewöhnliche nächtliche Schwimmerin gewesen, so hättest du sämtliche Kleider zuvor am Ufer abgelegt und nicht nur die Schuhe und möglicherweise deine *Palla*, oder? Als du dich aber umbringen wolltest, dachtest du plötzlich daran, dass man deine vollkommen *nackte* Wasserleiche irgendwo ans Ufer gespült finden könnte, und das wolltest du nicht; du schämtest dich beim Gedanken daran; also bist du im Unterkleid steckend ins Wasser gegangen, was kein Schwimmer jemals getan hätte und hast Schuhe und Gewand irgendwo zurück gelassen; wo sind sie?«

»Dort drüben«, sagte sie kläglich.

»Wunderbar«, sagte ich, »dann hast du ja etwas Trockenes zum Anziehen; komm', ich helfe dir hinein.«

Wir gingen zu einer Parkbank, auf der ein langes Gewand neben einem Paar Sandalen lag; sie schämte sich und drehte mir den Rücken, als ich ihr aus dem nassen Sack heraus half, obwohl die herein brechende Finsternis schützend ihre Fittiche über dem Mädchen ausbreitete, um ihr dann beim Ankleiden behilflich zu sein; immerhin war es mir so, als ob ihr Körper über und über von dunklen Flecken bedeckt war; ich hielt es für Schmutz, den sie sich im Schlamm des Flusses zugezogen hatte ...

...doch als ich ihr, noch kurz bevor sie sich die bodenlange Palla überstreifen konnte, beruhigend über den Rücken streichelte, hatte ich das Gefühl, ihre Haut wäre überall aufgeraut und von Schwellungen überzogen ...

Nachdem sie die Füße in ihre Sandalen gesteckt hatte, knüllte sie das Unterkleid zu einem Klumpen zusammen und warf es in den Tiber: Rufus hatte all unserem Tun belustigt und leise kichernd zugesehen; als wir damit fertig waren, sagte er zu ihr:

»Ferner, meine liebe Frau, trägst du immer noch einen Ehering am Finger, und daher glaube ich, dass dein Mann dich verlassen hat und es aus diesem Grunde eine entsprechend fürchterliche Auseinandersetzung zwischen euch gab, in deren Folge du dir das Leben nehmen wolltest, nicht wahr? Insbesondere, weil du diesen Schuft auch noch abgemurkst hast, oder etwa nicht?«

»Oh, ihr allmächtigen Götter, du weiß schon ... alles ... und woher? Bist du ein Zauberer? Und es stimmt, was du sagtest, ja, ich habe meinen Mann ermordet; ich habe ihm, als er schlief, im *Suff* natürlich, den Hals mit einem Küchenmesser abgeschnitten.«

»Gewiss weiß ich fast alles«, sagte Rufus, »denn das ist mein Beruf; und damit du mich nicht für einen alten Hexerich hältst: Du hast es versäumt, die Blutspuren aus deinem Hemdchen heraus zu waschen, welches da jetzt einsam und allein im Tiber treibt, nachdem du dich seiner kurz entschlossen entledigt hast ... aber es steht außerdem fest, dass dich der Schurke regelmäßig grausam misshandelt und missbraucht hat.« – »*Rufus!*«, sagte ich, »jetzt gehst du zu weit!«

»Zu weit? *Ich?* Wieso? Siehst du denn nicht, dass ihr auffällig zerbrechlicher Leib, zumindest überall da, wo er für uns auch jetzt noch sichtbar ist, von Narben und Blessuren übersät ist?

Ich nehme an, das war der eigentliche Grund, weshalb du ihn umgebracht hast; und das wäre ein triftiger Grund; das wäre sogar verständlich: War es nicht so, meine Süße?«

Sie nickte nur noch und heulte dann hemmungslos; ich legte ihr den Arm über die knochigen Schultern; dabei erkannte jetzt sogar ein Blinder wie *ich*, dass sie von oben bis unten von Blutergüssen und Blessuren übersät war und hatte entsprechendes Mitleid mit der vor Furcht und Schwäche zitternden Puppe; fragend sah ich zu Rufus auf; er sagte zu ihr:

»Mein Freund wird sich deiner annehmen; er versteht sich auf dergleichen Dinge besser als ich und ist außerdem Arzt; unter seinen Händen wirst du bald wieder gesund und munter sein wie der Fisch im Wasser; du hast dein halbes Leben noch vor dir.

Bleib' also in unserer Nähe; du darfst in den nächsten Tagen mein Gast sein und lernen, dein Dasein wieder zu genießen; und da ich deinen Namen nicht kenne, möchte dich nach der Farbe des Himmels oder deines Kleides vorerst *Rosa*[71] nennen.«

»Bist du etwa *Rufus*, der berühmte Detektiv?«, fragte sie jetzt und versuchte, sich los zu machen, um zu fliehen.

»Wer sonst?«, sagte mein Freund trocken, »und das da ist mein Mitarbeiter Sokrates.«

»Dann ist alles verloren«, schrie sie, »denn ihr werdet mich umgehend den Stadtwachen ausliefern, mich, die *Mörderin* des Ehemannes; und was dann kommt, weiß ich und kenne ich:

Frauen meinesgleichen schickt man entweder in die Arena des Kolosseums und wirft sie den Löwen oder Hunden vor oder nagelt sie nach erfolgter Geißelung ans Kreuz ...«

»Da seien die gütigen Götter vor, dass wir so etwas zulassen! Wir beiden sind doch keine *Staatsdiener*, und ich bin dem Tribunus Marcellus oder dem Hauptmann Galba zu nichts ver-

---

71 Rosa (lat.) = die Rose.

pflichtet; sollen sie doch selbst sehen, wie sie in diesem Fall ermitteln und voran kommen; daher gilt mein Angebot weiter:

Krieche bei mir unter, Süße, bis Gras über die Sache gewachsen ist; dann werden wir weiter sehen; es gibt in meinem Metier nämlich immer mal wieder Fälle, in denen ich eher mit dem Täter als mit dem Opfer sympathisiere ...«

Ich nahm das knochige Mädchen nun in die Arme, drückte sie an mich und flüsterte ihr tröstliche Worte ins Ohr: Ihr Körper fühlte sich immer noch eiskalt an; gewiss waren wir im letzten Moment gekommen; ihre Augen waren feucht, als sie zu mir aufblickte.

Sie hakte sich dann bei uns unter, und als Terzett gingen wir mitten in die düsteren Auen des Marsfeldes hinein, fort von sanft aufrauschenden Fluss, immer noch auf der Suche nach meiner Freundin, während *Herr Zephyrus*[72] säuselnd einen weißgrauen Wolkenschirm über den Himmel schob, aus dem es sanft zu tröpfeln begann, ganz so, als ob er uns den letzten noch verbliebenen Rest an Sicht verschleiern wollte ...

Wo in aller Welt war Fabiola geblieben?

---

72 Die Griechen und von ihnen angeregt später die Römer gaben den Winden Namen: Zephyrus ist der personifizierte Westwind, der milde Meeresluft mit Leben spendendem Regen nach Griechenland und Italien bringt; eine Labsal für das unter der Augusthitze stöhnende Rom.

9. Fabiolas Bericht

Der nun folgende Bericht, mein sehr geschätztes Lesepublikum, ist aus den selbstredenden Fakten und den Schlussfolgerungen, welche Rufus und ich aus ihnen zogen, sowie aus Fabiolas letzten Äußerungen künstlich zusammengestellt und demgemäß keineswegs so authentisch wie all die übrigen Kapitel dieses Buches.
Um dem Ganzen einen einigermaßen würdigen literarischen Rahmen zu verleihen, habe ich mir die Freiheit genommen, alles in Form einer Ich-Erzählung Fabiolas zusammen zu fassen, was mir überzeugender zu sein schien als ein Nebeneinander von zu schildernden Tatsachen samt ihren spärlichen Aussagen als Ergänzung; hören wir also nun, was meine entzückende Freundin uns zu sagen hat:

*****

Kaum waren Rufus und Sokrates im Korridor verschwunden, kaum hatte ich hinter ihnen die Eingangstür verriegelt und verrammelt, da quälte ich mich auch schon aus dem am Körper klebenden kratzigen Untergewand heraus, um mich auf der Stelle in mein winziges Badezimmer zu begeben; ich dankte den Göttern, dass ganz in der Nähe auf himmelhohen Bögen[73] der städtische *Aquaeductus* vorüber geleitet wurde, hoch genug, um das Wasser auch in mein heimeliges *Lavacrum* zu leiten.

Ich stellte mich unter die an der Decke befindliche Öffnung, zerrte den rostigen Schieber beiseite und drehte und aalte mich im herrlich herab schießenden knapp lauwarmem Wasser; es war so wunderbar erfrischend und erholsam, dass ich gar nicht mehr damit aufhören wollte.

Als ich mich schließlich kräftig abgekühlt hatte, brach ich aus der Kammer wieder hervor, trocknete mich ab und sah zu meinem Entsetzen die kratzigen Kleidungsstücke, welche mir Rufus besorgt hatte, auf dem Korbsessel zusammengelegt, meiner harren:

»Lieber für immer und ewig nackt bleiben, komme da, was

---

73 Wir erlauben uns den kleinen Hinweis, dass der römische Aquaeductus eine Gefällewasserleitung war; in die oberen Stockwerke der Mietskasernen konnte das Wasser also nicht mehr geleitet werden.

da wolle, als noch einmal in diese Foltergeräte hinein gezwängt zu werden!«, das war mein einiger Gedanke, als ich meine göttliche gestrige Kluft tückisch auf der Lehne des zweiten Korbsessels lungernd erblickte; der gütige Rufus hatte sie mir sozusagen *hinterher geworfen*: Oh, Freude, schöner Götterfunke!

Ich stürzte mich voller Begeisterung über das luftige Hemdchen, aber ach! Es war steif geworden vom Schweiß der gestrigen Strapazen; ich hatte es samt dem zugehörigen Lendenschurz erbarmungslos durchgeschwitzt; unmöglich, mich jetzt wieder in diese fürchterlich stinkenden Klamotten zu klemmen!

Kurz entschlossen begab ich mich mit ihnen in das heimelige Lavacrum, öffnete erneut den Schieber, stelle mich, wie ich war, samt den genannten zwei Lümpchen darunter und drehte und walkte sie längere Zeit im herabschießenden Strahl; dann wrang ich sie tüchtig aus, strich sie glatt und legte sie sorgsam ausgebreitet über die Lehnen der Sessel:

Der hauchfeine Stoff war in kürzester Zeit so gut wie trocken; ich atmete auf und beschloss, in derselben unmöglichen Aufmachung wie gestern das Zimmer zu verlassen, komme da, was da wolle, und das trotz aller Todesangst, trotz aller Warnungen, denn ich glaubte, keine andere Wahl zu haben; besser sterben, und sei es, durch einen berufsmäßigen Mörder, als diese grausigen Qualen noch länger zu ertragen ...

Vorerst aber ließ ich das Zeug noch achtlos auf der Lehne liegen und lief so, wie ich war, unschlüssig im Zimmer auf und ab; auf der Nordseite des Hauses, wo ein mit Ziersträuchern bepflanzter Park sich ausbreitete, hatte ich mein Fenster so weit wie möglich aufgerissen, aber es strömte nur heiße Luft herein; immer wieder streckte ich mich, so weit es ging, zum Fenster hinaus, die Arme weit ausgebreitet und nach Luft lechzend, so dass die scharfe Kante des Fenstersimses sich tief in meine Oberschenkel eingrub, aber mir ward keine Linderung zuteil ...

Auf der zur lärmenden Straße gelegenen Südseite waren die Flügel des Klappladens fest verriegelt; Rufus hatte mir dringend geraten, sie geschlossen zu halten; dennoch eilte ich in Abständen hin, um sie in der Mitte ein Wenig auseinander zu schieben und voller Neugier auf die belebte Gasse hinunter zu schauen, insbesondere natürlich, ob sich dort mein blonder Verfolger blicken ließe, aber ich konnte ihn nicht entdecken.

Dann nahm der Durst unvorstellbare Ausmaße an; ich ging immer wieder in mein *Lavacrum*, um wie ein Pferd zu saufen, aber der fürchterliche Brand, der in meinen Eingeweiden loderte, wollte und wollte nicht verschwinden; hin und her gerissen zwischen Furcht vor dem Mörder und unerträglichem Durst, entschied ich mich schließlich, dem Zimmer den Rücken zu kehren, um die nächstbeste *Caupona* oder *Taberna* (*Kneipe*) aufzusuchen.

Ich betastete also die beiden gestrigen Kleidungsstücke und fand, dass sie so gut wie trocken waren; das blaue Ding war durch die Wäsche noch ein wenig kürzer und enger geworden; ob ich es in solcher Aufmachung wagen sollte oder konnte?

Ich schielte noch einmal nach den Kleidern, die für eine züchtige *Matrona* bestimmt waren und erschauerte bis ins Mark; nie wieder solche Qualen! Schon gar nicht bei solcher Hitze!

Noch einmal spähte ich hinunter auf die Gasse, diesmal, um nach den *Passantinnen* zu schauen; dabei stellte ich fest, dass ich nicht die einzige wäre, die sich so luftig zeigte und schlüpfte wildentschlossen in meinen guten alten Lendenschurz, dessen Gürtel ich über der linken Hüfte durch die Schlaufe meiner winzigen Geldkatze zog und in der Taille befestigte, um dann das blassblaue Unterkleid überzustreifen.

Nachdem ich den durch die Achselhöhlen führenden Strick festgezurrt, das Haar zu einem einigermaßen annehmbaren Knoten vereinigt, die langen Riemchen der Sandalen um die Waden geschnallt und zuletzt alles im Spiegel begutachtet hatte, entriegelte ich sachte, sachte meine Zimmertür und schlich die ausgetretenen Stufen der Treppe hinunter; jetzt galt es, den *Janitor* in seiner Loge sowie den wachhabenden Galba zu überlisten; in einer Nische verborgen, beobachtete ich beide und hatte vorerst noch keine Chance, ungesehen das Weite zu suchen.

Doch dann sah ich Galba unruhig von einem Fuß auf den anderen treten, bis er plötzlich zum *Janitor* ging und ihm ein paar Worte sagte, die ich nicht verstand; ich hörte ihn zuletzt noch sagen, er solle eine auffällig große römische Matrona von Anfang Vierzig, das Haar üppig, aber schon mit einigen grauen Fäden, bekleidet mit einer bodenlangen Palla, auf keinen Fall hinaus lassen; dann ging er auf die Straße und sagte im Gehen, er *müsse mal* und werde im nächsten Moment wieder zurück sein.

Ich fasste die Gelegenheit beim Schopf, machte mich so klein, wie es nur ging und schlenderte mit schlenkerndem Hintern zur Loge des Pförtners; mit einer Mischung von Misstrauen und Bewunderung starrte er auf mich; ich sagte, mit den Wimpern klimpernd und ihm einen Denar über die Theke zuschiebend:

»Würdest du mir bitte das Tor öffnen, mein Süßer?«

»Natürlich; gewiss doch, schöne Frau«, sagte er und verließ sein Gehäuse; ich hakte mich bei ihm unter und schmiegte mich mit dem Körper an ihn; er war ganz aus dem Häuschen; und nachdem ich ihm einen Schmatz auf den Mund verpasst hatte, schob er den Riegel freiwillig zurück und entließ mich in das Menschengewimmel der Korbmachergasse.

Während er mir noch eine Weile hinterher gaffte, bevor er kopfschüttelnd seine Pforte schloss, blinzelte ich eine Zeitlang ins grelle Sonnenlicht, bis ich mich daran gewöhnt hatte, um dann, mich ständig vorsichtig umdrehend und in alle Richtungen sehend, den Weg Richtung *Via Lata*, den Weg Richtung rettende Kneipe zwischen die Füße zu nehmen.

Manch begehrlicher Blick eines entgegen hastenden Mannes ruhte auf mir, als wollte er mir das Gewand herunter streifen, manch eine anzügliche Bemerkung gelangte mir zu Ohren; ein unverschämter junger Spund begrabschte mich vergnügt im Vorübergehen; ich genoss das alles in vollen Zügen und vergaß vorübergehend sowohl die Gefahr, in der ich möglicherweise schwebte als auch mein besonderes Alter, welches solch albernen Gefühlen eigentlich widersprechen müsste und fühlte mich endlich als richtige, als begehrenswerte Frau.

Mehrfach hatte ich das dabei Gefühl, ein großer blonder herrlicher Mann, im Gewimmel verborgen, stiege mir gelassen nach und ließe sich auf keinen Fall abschütteln, aber jedes Mal, wenn ich mich nach ihm umdrehte, war er spurlos verschwunden. – Eisige Panik kroch mir nun zum Herzen empor; ich lief immer eiliger die Gasse entlang; der Schweiß triefte nur so an mir herunter; der Durst überstieg alle vorstellbaren Grenzen; und der unheimliche Unsichtbare folgte mir.

Jetzt endlich hatte ich die rettende *Taberna* erreicht, drängte mich mit allen Kräften durch die Traube der durstigen Männer und lehnte mich an die Theke, als einzige Frau mitten unter lauter raunenden Herren stehend ...

Der kleine *Caupo* hinter der Theke blickte mich aus sich weitenden Augen an; ich machte mich an meiner verborgenen Geldkatze zu schaffen, wofür ich zum Vergnügen der ironischen Beifall klatschenden Männer das Kleidchen anheben musste, schob ihm einen Denar zu und verschränkte dann die Arme fest über der Brust, die Finger eisern ins Fleisch der Oberarme gegraben und mich krampfhaft darum bemühend, das zunehmende Zittern in erträglichen Grenzen zu halten:

»Was soll's denn sein, schöne Frau«, fragte der *Caupo*.

»Einen Kantharos voll mit rotem Sizilianer, unvermischt.«

»Großer, mittlerer oder kleiner Kantharos, die Dame?«

»Den größten, den du hast.«

Im Nu hatte der Kellner die gewünschte Trinkschale vom Regal geholt; sie war aus Ton und rötlich glasiert; auf der einen Seite sah man den berühmten Kampf des Theseus mit dem Minotaurus; auf der anderen das Schiff der Argonauten; drinnen schäumte der feurige Sizilianer.

Ich gab meine seltsam verkrampfte Haltung auf und nahm die beiden empor ragenden Henkel in die unsicheren Hände, um das Gefäß an den Mund zu führen, während ein aufgeregtes Murmeln der mich dicht umdrängenden Burschen aufbrandete und einer von ihnen meine momentane Hilflosigkeit ausnutzte, um mir den Hintern zu tätscheln ...

Ich leerte den Kantharos auf *einen* Zug und verlangte sofort nach einem zweiten; der Kellner warf mir seltsame Blicke zu, bevor er mir zu Willen war, und diesmal konnte ich das süffige Getränk sogar genießen und schlürfte es mit mehreren Unterbrechungen, jetzt lässig an die Theke gelehnt, denn das grausame Zittern war abgeebbt und bereits dabei, vollends zu verschwinden.

Während ich noch die letzten Tropfen süffelte, hatte ich das Gefühl, mit Blicken, welche von der gegenüber liegenden Seite der Theke kamen, geradezu durchbohrt zu werden; ich sah hinüber und gewahrte einen blonden Mann, der gerade einen guten Schluck zu sich nahm, wobei er mich unverwandt anblickte, als wollte er mich hypnotisieren:

Es war ein junger Mann, noch keine Fünfundzwanzig; und der schönste Jüngling, den ich je gesehen hatte; hoch aufgeschossen, athletisch, schlank, feines Gesicht, wie man es sonst nur von den besten Statuen der großen griechischen Bildhauer her kennt: hohe Stirn; feine, aus ihr heraus wachsende Nase; eindrucksvoll dunkle Augen; die Wangen *rosa* und der feste Mund *feuerrot* geschminkt.

Er war in eine mit Gold verbrämte Tunika gehüllt, über der er lässig einen mit Jagdmotiven bestickten Überwurf trug, unter welchem sich zwei starre Gegenstände abzeichneten, über deren Bedeutung ich mir noch nicht im Klaren war.

Er faszinierte mich; ich war außer mir; der Atem stockte mir, denn dort stand der Jüngling meiner Träume, und er sah immer noch zu mir herüber, ohne Unterbrechung, die Lippen leicht gekräuselt, leise spöttisch lächelnd.

Das Herz begann mir, wie verrückt zu rasen; ich schnappte nach Luft; die Brust hob und senkte sich wie im Krampf; meine Lippen brannten lichter Lohe, als hätte er sie feurig geküsst; nur noch ein einziger Gedanke beseelte und beglückte mich: hinüber zu eilen und mich dem Unbekannten in die Arme zu werfen.

Von Amors Pfeil getroffen, blickte ich also sehnsüchtig und hingebungsvoll zu ihm hinüber, ohne Unterbrechung, während das Murmeln der vielen Männer um mich herum in meinen Ohren wie ein Wasserfall toste; doch während ich ihn musterte und mir vorstellte, wie herrlich er erst *ohne* diese kostbare Tunika aussähe, erstarrte ich vor Entsetzen, denn ich erkannte jetzt, dass die beiden starren Gegenstände nichts anderes als der filigrane Bogen samt Köcher voller stählerner Pfeile meines Mörders war.

Wie von allen Furien gehetzt, sprang ich auf und davon, mitten in die *Via Lata* hinein und sie hektisch Richtung Marsfeld hinunter; der Kellner rief mir zweimal hinterher, mir stehe noch das Wechselgeld zu, aber ich stürmte aus Leibeskräften davon, ohne mich weiter darum zu kümmern.

Als ich nach geraumer Zeit keuchend und halb erstickt inne hielt, um mich nach dem wunderschönen blonden Mann umzusehen, gewahrte ich ihn lässig mit langen Schritten den Gehsteig herunter stiefeln, von Kopf bis Fuß so schön wie der göttliche Apollon.

Er trug fast bis zum Knie hinauf reichende purpurfarbene *Calceï*, die edelsten Schuhe unserer Senatoren-Klasse, an beiden Flanken der Waden mit jeweils zwei silbernen Schnürsenkeln fest zusammen gezurrt; sie waren mit kostbaren Steinchen besetzt, welche in der soeben untergehenden Sonne wie Blutstropfen aufleuchteten und flimmerten; darüber gewahrte ich die muskelstrotzenden Oberschenkel, welche bis zur Mitte sichtbar waren.

Von Panik ergriffen rannte ich weiter und bog ins bereits vom Dämmerlicht gezeichnete Marsfeld ein; ich hatte einen tüchtigen Vorsprung heraus gearbeitete; hinter einem Gesträuch verborgen, gewahrte ich seinen Schattenriss vor dem feurigen Horizont:

Scheinbar unschlüssig stand er da und nahm Witterung auf, als wäre er ein Jagdhund; dann schritt er entschlossen in Halbdunkel und Stille des mittlerweile einsam und verlassen da liegenden Parks hinein; jetzt wusste ich, dass es kein Entkommen mehr geben könnte; es war aus mit mir; er würde solange suchen, bis er mich aufgespürt hätte, um mich dann zu töten; und ich stellte mir, von schauriger Wonne erfüllt, vor, was alles er vorher oder nachher mit mir tun könnte …

Schon dachte ich daran, ihm zuvor zu kommen und mich in das Wasser des sich vorüber wälzenden Tibers zu stürzen, der ungefähr fünfzig Doppelschritt (*ca. 75 m.*) von mir entfernt träge und schlammig vorüber floss, doch da sah ich aus meinem Versteck heraus eine junge Frau ans Ufer kommen:

Sie war klein und dünn und näherte sich eben der Stelle, wo man für Badende eine hölzerne Treppe angebracht hat; schon vermutete ich, sie wollte ein abendliches Bad nehmen, um die Hitze des Tages los zu werden, aber sie entkleidete sich nicht;

nur Schuhe und Obergewand zog sie aus; dann stieg sie ins Wasser, und jetzt wusste ich, dass sie sich das Leben nehmen wollte …

Als sie bis zur Mitte des Stromes gelangt war, verließ sie der Mut und der Lebenswille obsiegte; mit Händen und Füßen das Wasser schlagend, versuchte sie, zur genannten Treppe zurück zu schwimmen; dabei kreischte sie und rief um Hilfe; schon war sie dem Ufer nahe gekommen, da verließen sie die Kräfte, und sie begann wieder von der Strömung mitgenommen zu werden.

In diesem Augenblick kamen zwei Männer ans Ufer gerannt; ich konnte sie in der herein brechenden Nacht nicht erkennen; der eine war ein großer sehniger Typ, der andere eher pummelig und klein, viel zu klein, um mein Interesse als Frau zu finden; der größere redete nun gestikulierend auf den Begleiter ein; was er sagte, konnte ich nicht hören, aber das Folgende gab Aufschluss:

Der Angeredete schlüpfte nämlich aus der Tunika und ging vorsichtig ins Wasser des Flusses; als er sich hinreichend abgekühlt hatte, stürzte er sich voran und bekam die Frau unter den Achselhöhlen zu fassen und zog sie rücklings hinter sich her; er brachte sie schließlich lebend ans Ufer; er hatte sie gerettet; beide Männer bemühten sich nun um die halb Ohnmächtige.

Als sie sie wieder auf die Beine gestellt hatten, nahmen sie sie in ihre Mitte und schritten in das düstere Marsfeld hinein; dabei kamen sie an meinem Versteck vorüber; ich erhob mich, um ihre Hilfe zu erflehen; die beiden Männer waren Rufus und Sokrates.

Die Freude, sie angetroffen zu haben, war überwältigend; ich erklärte ihnen, dass der Mörder hier irgendwo im Verborgenen streunte, um seinen Auftrag zu Ende zu bringen; weder Rufus noch Sokrates machten mir Vorwürfe; das erstaunte mich; das beschämte mich, denn ich hatte mir schon die verlogensten Ausreden zurecht gelegt, um ihnen etwas vorzumachen, aber wer kann einen *Rufus* schon anschwindeln?

Wie ernst die Lage war, brauchten sie mir natürlich nicht erklären; Rufus biss die Zähne knirschend zusammen; seine Lippen waren zum Strich vereinigt; er war ganz gewiss ungehalten über meinen Ungehorsam.

Sokrates hingegen nahm mich liebevoll tröstend in die Arme und küsste mich auf den Mund, ohne dass ich diesmal den Kuss erwidert hätte, denn all meine vermeintliche Liebe zu ihm, all meine Leidenschaft für ihn waren verflogen, ganz so, als hätte es die vergangene Nacht nicht gegeben: Im Innern nämlich war ich vom herrlichen Jüngling, dem Mann meiner Träume, eingenommen; ich liebte den Verbrecher, der mich töten sollte ...

Und wieder war er uns einen Schritt voraus, dieser hochintelligente Mann, auf den ich heimlich stolz war; wieder hatte er jeden Schritt, den Rufus ging, im Voraus in sein grausiges Vorhaben mit eingeplant, denn wir hatten ja keine Ahnung, wo er lauerte, um mich dahin zu schlachten:

Hinter jedem Busch, hinter jedem Baum konnte er samt seinen mörderischen Geschossen auf mich warten, und es wurde immer finsterer und finsterer; die Eiseskälte der Todesangst bemächtigte sich meiner und ließ mich bis ins Mark erschauern:

»Diesmal«, sagte Rufus trocken, »wird er auf jeden Fall dazu bereit sein, liebe Fabia, auch deine Begleiter nieder zu schießen, wenn er *dich* nur töten kann, denn die letzte Stunde der Iden des Augustus ist angebrochen, die letzte vor der *Dritten Nachtwache (ca. Mitternacht)*, und wir kennen ja seinen Auftrag ...«

»Ich wollte, der Wind triebe die Wolken auseinander«, flüsterte ich, »damit wir den Gegner wenigstens *sehen* können.«

***

Soweit Fabiolas Bericht, den ich, wie oben gesagt, künstlich zusammen geflickt habe; es folgt nun wieder mein authentisches Referat; der geliebte Leser folgt uns weiterhin auf unserem Gang durch das in unheimlicher Finsternis versinkende Marsfeld:

10. Das Duell im Marsfeld

Als wir etwa bis zur Mitte von Roms großem Park gekommen waren, lebte der Wind plötzlich auf, so dass sich Bäume und Sträucher, die sich in gespenstischem Schwarz vor dem weißen Himmel abzeichneten, in seinem Hauch bewegten; dann riss *Herr Zephyrus* die Wolkendecke auseinander; der Mond brach hervor und ergoss sein weißes Licht über dem Marsfeld.

In seinem Schein kam uns eine große weibliche Gestalt entgegen geeilt; als sie uns gewahrte, ging ihr Schritt in ein ungestümes Rennen über, und während sie wie verrückt daher sprang, löste sich ihr ohnehin schon zur linken Seite gefallener Haarknoten auf, so dass sich die wellige Pracht der Haare über ihre blanken Schultern ergoss und auf ihnen ausbreitete.

Ihr schulterfreies, viel zu kurzes Flatterkleid, unter dem die bloßen Schenkel kraftvoll arbeiteten, leuchtete im entgegen strömenden Mondlicht geisterhaft grünlich auf; es war natürlich Fabiola, *endlich Fabiola*, die mit einem Aufschrei der unbändigen Freude zu uns stieß, mehrfach dabei den gütigen Göttern für Rettung im letzten Augenblick dankend.

Ich ließ die aus dem Tiber gerettete Rosa stehen, um meiner Geliebten in die Arme zu stürzen, aber sie war seltsam kühl und abweisend zu mir, ganz so, als hätte es die gestrige Liebesnacht zwischen uns nie gegeben; da steckte ich es fürs Erste auf und dachte, dass sie wahrscheinlich eifersüchtig auf die Kleine sei, die gerade eben noch an meiner Seite gewesen war und hilfebedürftig an meinem Arm gegangen hatte, doch dies sollte sich bald als verhängnisvoller Irrtum herausstellen ...

Schon war ich dabei, ihr zu erklären, wer die zierliche Frau da sei, die sich bei mir eingehängt hatte, vor allem, dass ich gar nichts von ihr wollte und es nur Zufall sei, aber sie wusste schon alles, sagte, sie habe uns bei ihrer Rettung beobachtet und blieb weiterhin abweisend zu mir, was mich doch sehr verwunderte.

Als ich mich schon daran machte, sie nach ihren seltsam veränderten Verhalten zu befragen, hieß uns Rufus zu schweigen; wir sollten unser unnützes Geschwätz auf später verschieben, denn der Feind könne überall lauern und solle nicht unnötig auf uns aufmerksam werden, sagte er barsch; mich verdross das und ich ärgerte mich sichtlich über die Arroganz meines Freundes, während Fabiola meine Zurechtweisung in vollen Zügen genoss und mir derart herablassend oder gar triumphierend ins Gesicht blickte, dass ich vor innerlicher Wut kochte.

Rufus sagte uns nun, was zu tun sei; wir änderten fürs Erste unsere Aufstellung: *Links* schritt Rufus einher, wie gehabt; an seiner rechten Seite klebte meine Fabia und schmiegte sich an ihn, als suchte sie nur *seine* Nähe, während *sie* sich wiederum bei der kleinen Rosa einhängte; diese wiederum suchte Halt an meinem linken Arm und drückte ihren mageren Leib hilfeheischend an mich; aus dem ehemaligen Terzett war somit ein Quartett geworden, aber konnte uns das Sicherheit gewähren?

Rufus hieß uns stille stehen; wir lauschten: Ferner Lärm fröhlicher Musikanten wehte herüber und drang in unsere Ohre ein; Rufus zeigte auf die empor ragenden Tribünen des Stadions, welches einst der tyrannische Kaiser Domitianus errichtet hatte, hinter dem das schon oben genannte kleine *Odeion* liegt, wo man für einen kleinen Zuschauerkreis, zu dem naturgemäß *ich* gehöre, immer noch die beim breiten Volk in Vergessenheit geratenen Klassiker der Griechen in griechischer Sprache aufführt; dazu gehört selbstverständlich auch der von Musikern begleitete *Choros*.

»Exakt in diese Richtung müssen wir uns halten«, flüsterte Rufus, »und wenn wir das Theater erreicht haben, sind wir in Sicherheit, denn dort ist Leben; dort wird der Killer es nicht wagen ... am besten, wir mischen uns mitten unter die Zuschauer, und einer der Theaterdiener benachrichtigt Galba oder Marcellus.«

Dies alles flüsterte er und lenkte uns energisch in diese Richtung, als wir plötzlich zusammen zuckten: Ein sirrendes Geräusch, auf das ein Pfeifen und zuletzt ein Klatschen folgten, ließ uns aufschrecken und der Katastrophe in die Augen schauen:

Rosa neben mir sackte mit einem ungewissen Gurgeln in sich zusammen; einer dieser tückischen Pfeile, die wir schon kannten, hatte ihren Kehlkopf durchschlagen; seine Spitze war auf der Rückseite des Halses wieder hervor getreten; das Mädchen entglitt, weich und schlapp wie die Qualle des Meeres, meinen Armen, plumpste zu Boden und blieb grässlich zuckend liegen, mit den dünnen Armen die Wiese schlagend ich beugte mich über sie, um den Puls zu fühlen:

Sie war tot, durch einen einzigen Pfeil getötet, einen Pfeil, der natürlich Fabiola hätte treffen sollen; ich hätte schreien mögen vor Wut über dieses sinnlose Verbrechen, aber mir stockte der Atem, mir schlotterten die Knie und ich rang um Fassung, als ich *das* im Licht des Mondes gewahrte, was ich Dir, mein geneigter Leser, so beschreiben möchte:

Aus der Deckung des Buschwerkes trat wie der unbarmherzige Thánatos persönlich ein großes weiß leuchtendes Skelett hervor und machte einige gemessene Schritte auf uns zu:

Fabiola wand sich vor Grauen und in schrecklichen Krämpfen; sie wollte schreien, brachte aber nur ein jämmerliches Röcheln hervor; dann stürzte sie halb ohnmächtig zu Boden ...

Mir drohte der Verstand zu schwinden, und der Schrecken, der sich meiner bemächtigte, war so unbeschreiblich, war so grausam lähmend, dass ich ihn nicht zu schildern vermag, und wenn ich hier sagte, dass mir die Haare empor spießten und das Blut in den Adern stockte, wäre das eine maßlose Untertreibung.

Mit der Ohnmacht ringend und vor Atemnot keuchend blickte ich zu Rufus auf und erwartete, dass *auch ihn* das Grauen überwältigt hätte, denn der riesige Knochenmann reckte nun seine Faust in den Himmel, stieß einen heiseren Schrei des Triumphes aus und tanzte dann leichtfüßig vor uns auf und ab, jetzt beide Fäuste gen Himmel gereckt, aber mein Freund stand aufrecht da wie eine Statue aus Erz und kicherte verhalten:

»Was gibt es da zu kichern«, zischte ich erbost.

»Man lernt nie aus«, entgegnete Rufus, während das Gespenst keinen weiteren Schritt mehr auf uns zu tat, »siehst du denn nicht, dass es sich um einen Mann aus Fleisch und Blut handelt?«

»Nein, natürlich nicht; ich sehe nur das Gespenst«, fauchte ich zwischen den aufeinander klappernden Zähnen hindurch: Es ist zweifellos der Tod in Person, der sich unser annimmt.«

»So ein Humbug! Du *als Arzt so* abergläubisch: Der Dreckskerl da drüben steckt nur in einer langen pechschwarzen Kutte samt Kapuze, auf die mit weißem Stoff ein Skelett aufgeschneidert ist, was vor diesem dunklen Hintergrund dann als Einziges zu sehen ist; eine altbekannte *Theaterrequisite*, eine typische *Klamotte*.

Es ist natürlich unser Killer, und er denkt irriger Weise, dass er sein Werk jetzt beendet hat; gewiss wird er im nächsten Augenblick verschwinden wollen; bleib liegen, *Fabia*, denn eigentlich hat er es auf dich abgesehen! *Doktor*, her mit dem Bogen!«

Fabia verkrallte sich, hinter Rufus platt mit dem Gesicht nach unten liegend, ins Gras der Wiese, während ich Rufus den Bogen und einen ersten Pfeil reichte, als sich der Killer schon auf die Flucht machen wollte und uns nunmehr ein von hinten zu betrachtendes Skelett zeigte.

In diesem Augenblick machte ich eine der größten Dummheiten meines Lebens, welche ich bis heute bereue; vor Wut über den feigen Mord an der Kleinen kochend, verlor ich nämlich die Beherrschung und brüllte wie der letzte Stier auf der Weide:

»Du dämlicher Hund von Mörder; du lächerlicher Versager; du hast die Falsche umgebracht, du Blödmann!«

Das scheinbare Skelett machte auf dem Absatz Kehrt; noch zielte Rufus im blassen Dämmerlicht auf ihn, da hatte der Killer schon seinen ersten Pfeil auf *uns* abgeschossen; er traf meinen Freund mitten auf die Brust; ich schrie auf vor Schreck; Rufus schien sich um die Verwundung keinen Deut zu scheren und ließ seinen ersten Pfeil davon zischen; und nun ging es jaulend hin und her, ohne dass einer der beiden Schützen noch einen Treffer verbuchen konnte, bei diesem schwachen Licht kein Wunder.

Und der Mörder war unglaublich flink und geschickt, ja, meinem im Bogenschießen nicht allzu geübtem Freund sogar überlegen, aber der größere Bogen aus den Beständen der römischen Armee, mit dem Rufus hantierte, war treffsicherer und weiter reichend.

Ich gab ihm den nächsten Pfeil; Fabia hatte sich inzwischen zur Hocke aufgerappelt und sah ihm bewundernd zu:

Rufus spannte den Bogen, soweit es nur ging; ich sah, wie er sich konzentrierte; nicht das geringste Zittern in seinen nervigen Händen; dann ließ er dem Pfeil freien Lauf, und einen Atemzug später wimmerte ein Schmerzensschrei über den Park:

»Hurra, du hast ihn getroffen; es hat ihn erwischt«, rief ich.

»Das schon«, sagte Rufus, während sich der Killer eilig davon machte, »das schon, aber es war nur ein Streifschuss; ich habe ihm ein kleines Stück Fleisch aus dem linken Oberarm heraus gefetzt, das ist schon alles, und damit ist nicht das Geringste gewonnen; er wird seine nächste Chance suchen, diesmal feige aus dem *Hinterhalt heraus*, nachdem er in offener Schlacht das Feld der Ehre hat räumen müssen.«

All das sagte Rufus, zog sich gelassen den Pfeil aus dem Kettenhemd heraus und knurrte, als Fabia zu jammern begann:

»Regt euch bloß nicht so auf; nur eine harmlose Fleischwunde; der Pfeil ist kaum so weit wie ein kleiner Finger dick in meine Brust eingedrungen, aber ohne den Panzer wäre es aus mit mir gewesen; ein verdammt guter Mann, ein Meister seines Faches, den sie da auf Fabia angesetzt haben; und jetzt gilt es, weiter zu planen, denn er ist uns ja leider entwischt.«

Rufus wies mit dem Bogen auf den Schattenriss, den die Tribüne des Stadions bildete; wir setzten uns in Bewegung; diesmal ordnete Rufus eine Kolonne an, er ganz vorne; hinter ihm Fabia und dann ich als Nachhut; so kamen wir zum aufragenden Stadion und umrundeten es, bis wir das Odeion erreichten:

Hier war noch Leben; rund um das Gebäude waren Fackeln angebracht; die Fenster hell erleuchtet; aus dem Inneren ertönten die Stimmen der griechischen Schauspieler und der Beifall des Publikums, einmal auch *Fuu-Rufe*.

Mein Freund sagte, wir sollten hinein gehen, Fabia und ich; dabei sagte er, grimmig das Schwert ziehend:

»Ich werde einstweilen um das Haus herum streichen und sehen, ob der Mörder es wagt, sogar hierher zu kommen; läuft er mir in die Arme, bringe ich ihn um.«

»Oder er dich«, sagte ich sarkastisch.

»Ja, das könnte wirklich geschehen; oh ihr gütigen Götter, steht ihm bei!«, rief Fabia, als machte sie sich größerer Sorgen um Rufus denn um sich oder mich; Rufus wandte sich Fabia zu: »Hehehe! Lass dir mal keine weitere grauen Haare mehr darüber wachsen, denn das wird sich zeigen, wer wen umbringt«, kicherte er verhalten, »und vergiss nicht, meine Honigpuppe, dass ich alle drei Tage bei den Gladiatoren in der Großen Schule trainiere und längst einer ihrer Besten bin ... und vom Gladiatorenwesen solltest du ja bekanntlich einiges verstehen ...

Bleibt auf jeden Fall beisammen, wenn ihr hinein geht; nur so, lieber Doktor, kannst du deinem Schützling beistehen; ferner achtete darauf, dass ihr unbedingt in der Mitte der Tribüne zu sitzen kommt; dort seid ihr sicher; am Rand hingegen besteht die Gefahr, dass er euch erkennt und zuschlägt ...«

»Ich dachte, du wolltest ihn draußen abfangen, und wir hätten drinnen nichts zu befürchten«, murrte ich.

»Und wenn er sich schon unerkannt unter die Zuschauer gemischt hat? Wenn er unseren Plan mit einberechnet hat? Bei ihm ist alles möglich.«

»Gut«, sagte ich, »deine Wünsche sind mir Befehl; komm, kleine Fabia, wir wollen ins Theater gehen!«

»In meinem Zustand?! In diesem Kleid?!«, rief sie, »was sollen die Leute denn von mir denken?!«

Und sie begann, an ihrem luftigen Fähnchen zu zupfen, aber je weniger sie sich abwärts des unteren Saumes der Blöße gab, desto offenherziger zeigte sie sich oben herum:

»Darauf können wir jetzt keine Rücksicht mehr nehmen«, entgegnete Rufus barsch, »und das ist deine eigene Schuld; du hattest die Wahl zwischen altrömischer *Hausfrau* und, und ... äh ... einer, so einer ... als du unbedingt das Weite suchen musstest.«

Fabia, das sah ich, hasste ihn für diese Worte und wollte ihm etwas entgegnen, biss aber die Zähne knirschend zusammen und schwieg, während Rufus vor sich hin murmelte:

»...als ob wir nicht schon genug Probleme hätten ... und dann auch noch eine mannstolle Frau ... erst meinen besten Freund vernaschen ... und jetzt hat sie ihn schon über ... da verstehe einer die Weiber ... wer wird wohl ihr nächstes Opfer sein?«

Ich hörte das nur mit halbem Ohr, wohl wissend, dass Rufus, der sonst alles wusste, von Frauen keine Ahnung hatte und in dieser Hinsicht einem kleinen Kind ähnelte, begriff aber, dass ich die Geliebte tatsächlich auf eine mir unbekannte Weise schon nach einem einzigen Tag wieder verloren hatte; ich nahm die Widerstrebende am linken Arm und zog sie mit mir fort:

Sie machte sich eilig los, als hätte ich die Pest am Leib, streifte mit der rechten Hand über den linken Arm, als wäre er von mir beschmutzt worden und trottete dann unwillig neben mir her, als ob sie meine Gefangene wäre und gerade eben ins nächste Gefängnis oder zur Hinrichtung gebracht würde.

Als ich mich noch einmal umblickte, sah ich, wie Rufus einem kleinen Sklaven einen Denar zusteckte; dieser nickte und eilte in die Finsternis der Nacht davon:

Sogar ein Dorftrottel wie ich begriff jetzt, dass Rufus den Jungen losgeschickt hatte, um die Stadtwache, um Marcellus oder Galba zu Hilfe zu holen; so ernst war seiner Meinung nach unsere Lage, so gefährlich, so unberechenbar der Gegner; und er war wieder einmal so unsichtbar wie ein Geist der Unterwelt; trotz der immer noch fast unerträglichen sommerlichen Wärme fröstelte es mir.

Dann standen wir im Foyer des kleinen Theaters.

11. Das Drama im Odeion

Zwei verflucht vornehm gekleidete und gut aussehende Sklaven sahen uns elenden Jammergestalten, eine auffällig arroganter Fresse mimend, scheinbar entsetzt entgegen:

Als wir näher kamen, beäugten sie uns misstrauisch, schüttelten dann angeekelt die Köpfe und machten abwehrende Handbewegungen, energisch auf den Ausgang deutend; der kleinere der beiden hielt sich demonstrativ die Nase zu:

Ich konnte sie verstehen, denn vor ihnen stand eine reife Frau im unmöglichsten Unterhemd, das zudem ähnlich wie die weithin unbedeckten Partien ihres üppigen Körpers vor Schmutz nur so starrte, seit sie sich vorhin auf die Erde hatte fallen lassen; ihr Haar hing wirr über die Schultern herab und klebte im getrockneten Schweiß auf ihnen fest.

Daneben stehend ich, ein im Grunde stadtbekannter Arzt, den man sonst nur in blütenweißer Tunika und Toga daher kommend kannte, welcher aber gerade eben erst dem erfrischenden Bad im scheußlich schlammigen Tiber entronnen war und dem entsprechend verwahrlost aussah; wir mussten jedermann einen grotesken Anblick bieten, *ich* mit meiner gedrungenen Gestalt und die mich um Haupteslänge überragende Frau.

»Wir möchten das Theater besuchen«, sagte ich gedehnt, »lasst uns ein und weist uns zwei Plätze an!«

»Wir können euch leider nicht einlassen«, sagte der größere, »bedaure, aber das geht nicht, denn ihr seid ja ... igitt! Nein, das ist wirklich nicht möglich.«

»Das werden wir noch sehen, Freundchen«, entgegnete ich und sagte dann zu Fabiola:

»...und du hast doch noch ein paar Münzen dabei? Ich bin nämlich blitzblank ...«

»Ja«, sagte Fabia.

»Gut! Dann gib jedem Schuft eine, und die Sache ist geritzt!«

»Wenn's denn sein muss ...«

Vor den sich bis zum Anschlag weitenden Augen und Mäulern der Theaterdiener lupfte Fabia das Kleidchen und fischte aus dem am Gürtel des Lendenschurzes befestigten Geldbeutel zwei kleine silberne Münzen und ließ sie in auffällig hohle Hände fallen, während aus dem Theater-Raum heraus begeistertes Beifall-Klatschen in unsere Ohren drang:

»Das passt sich wirklich gut«, sagte der kleinere der Sklaven und verbeugte sich tief vor Fabia und mir, »gerade ist der vorletzte Akt zu Ende; jetzt bauen sie die Bühne um, und in dieser Zeit wollen wir einmal versuchen, euch unauffällig hinein zu bugsieren; Platz wäre schon noch da …«

»Danke, vielen Dank«, sagte ich auflachend, »dann wollen wir mal … und was geben sie heute?«

»Den *Thánatos* von *Skoultéthos*.«

»Ach, diesen alten Schinken«, sagte ich, »und ich hätte gedacht, das Stück wäre dem Vergessen anheim gefallen; nun ja, schlecht ist es nicht, und der gruselige Schluss ist auch nicht zu verachten; doch jetzt wollen wir in die heiligen Hallen eintreten!«

Die Sklaven nickten freundlich; der größere Diener nahm sich – zu meinem Verdruss – wie selbstverständlich *Fabiolas* an, und sie marschierten los, ohne mich noch zu beachten, mitten durch die gewölbte Halle hindurch und ins Theater hinein, wo ihnen ein gewisses Raunen der Zuschauer entgegen flutete:

Dass ihr der unverschämte Halunke dabei anzüglich grinsend den rechten Arm über die bloßen Schultern legte, um die Patschhand dann genüsslich von dort oben über den Rücken hinab bis zu ihrem hin und her schwankenden Gesäß gleiten und dort zur Ruhe kommen zu lassen, erboste mich zusätzlich, insbesondere, da sie solch schändliches Tun auch noch in vollen Zügen zu genießen schien und mich keines einzigen Blickes mehr würdigte, so sehr ich ihr auch hinterher sah, mit knallrot angeschwollener Rübe, und sie innerlich verfluchend!

Der kleinere der Diener widmete sich jetzt allmählich *mir*, als wäre ihm die Prozedur mehr als lästig, wobei er sehnsüchtig dem Kollegen hinterher starrte.

Im Getümmel des Gefechtes und vor innerer Wut kochend hatte ich mittlerweile völlig vergessen den Sklaven zu sagen, dass wir uns nicht trennen und auf gar keinen Fall einen Platz irgendwo am Rande der Tribüne einnehmen sollten, und das sollte sich im Kürze bitter rächen:

148

Während *ich* nämlich auf einem freien Sessel ungefähr in der Mitte des Mittelfeldes landete, schob der größere der Sklaven meine gestrige Geliebte immer noch energisch vor sich her, und das weiterhin mit der Hand auf ihrer doppelten Wölbung; sie gingen wie ein geübtes Paar immer den seitlichen Gang entlang, bis er sie, indem er nun mit beiden Händen ihre üppigen Hüften umfasste, ganz vorne halblinks in der ersten Reihe platzierte.

Als er das getan hatte, verbeugte er sich kurz und förmlich und schlenderte wieder an seinen angestammten Platz zurück; Fabia sah ihm begehrlich hinterher; er war ein, bei Jupiter, prächtig gewachsenes Mannsbild!

Bevor ich, geliebter Leser, im Schildern der dramatischen Ereignisse fort fahre, will ich Dir das *Odeion* beschreiben, in welchem es kurz darauf zur Katastrophe kam:

Denke Dir einen halbrunden Zuschauerraum, der um eine davor liegende halbkreisförmige Orchestra gruppiert ist und – von ihr aus gesehen – Stufe um Stufe nach hinten ansteigt, also im Grunde nichts anderes als ein kleines, aber typisches *Théatron*:

Ganze *fünfzehn* Sitzreihen sind es, jede jeweils zwei Fuß (*ca. 60 cm.*) höher oder tiefer als die benachbarte; sie fassen jeweils fünfzehn Zuschauer, und da die Sitze ziemlich voll besetzt waren, können wir davon ausgehen, dass neben Fabia und mir dort noch etwa zweihundert weitere Personen anwesend waren.

Verglichen mit dem zehntausend Zuschauer fassenden Marcellustheater ist dieses Odeion also winzig; während dort drüben aber nur die plattesten Pantomimen, der billigste Klamauk, manchmal sogar kleinere Gladiatorenspiele aufgeführt werden, dient das feine Odeion der gebildeten Schicht, die sich hier die Klassiker zu Gemüte führt, und ich bin nicht selten dort anzutreffen.

Unser römisches Odeion ist vollkommen überdacht, bildet also samt dem Foyer ein einziges Gebäude, das bei jeder Witterung zu benutzen ist, und in welches von allen Seiten durch riesige Bogenfenster, untergliedert in jeweils zwanzig kleine Fenster, das Tageslicht ungestört einfallen und den Raum durchfluten kann, den der Bauherr auf der Innenseite vollkommen mit Marmor ausgekleidet und mit marmornen Säulen geschmückt hat.

Vorne erhebt sich etwa vier Fuß hoch (*ca. 1, 20 m.*) die *Skené* (*Bühne*), vor die, als wir eintraten, gerade ein dunkelroter samtener Vorhang gezogen war, während die Bühnenarbeiter dahinter ihren üblichen Tumult veranstalteten; sechs marmorne Stufen führten von der halbkreisförmigen Orchestra zu ihr hinauf.

Da es sich heute um eine *nächtliche* Vorstellung handelte, die Roms Publikum besonders schätzt, waren an den seitlichen Wänden im Abstand von gut zwei Fuß (*ca. 75 cm.*) Lämpchen auf dafür vorgesehen Konsolen aufgestellt, deren unstetes Licht die Nacht zum Tag machte; über der Bühne hing, wie ich später sehen konnte, außerdem noch ein großes *Candelabrum* mit mindestens zwanzig ansehnlichen Kerzen.

Nun zum Mobiliar:

Jedem der Zuschauer stand ein hölzerner Sessel mit rundem Rückenteil zur Verfügung, alle miteinander verleimt und fest im Boden verankert, ein jeder mit einem Kissen gepolstert; die Lehne hoch genug, um den Kopf anzulehnen, und genau das tat ich jetzt auch, schloss erschöpft die Augen, um mich zu entspannen und harrte der Dinge, die da kommen sollten ...

Schon wurde der Vorhang wieder beiseite gezogen; die Bühne war leer und völlig frei von Kulissen; die Kerzen des *Candelabrums* hatte man ausgepustet; die gesamte Fläche des rechteckigen Bodens war mit schwarzen Matten ausgelegt; das dahinter liegende Bühnenhaus mit seinen drei Ein- und Ausgängen mit schwarzem Stoff zugehängt; ein unsichtbarer Musiker zupfte traurige Melodien auf seiner Kithara; dann traten die Schauspieler auf und spielten den letzten Akt des Stückes:

Als er vorüber gegangen war, trat ein einzelner Akteur auf die Bühne; er steckte in schwarzer Trauerkleidung; die Maske vor dem Gesicht wies ihn als Greis aus; mit getragener Stimme trug er seine Verse vor, die ich unhörbar leise mitsprach, denn ich kannte den Text auswendig und liebte ihn:

Ein Stern ist's, kein treuer Licht
Scheint dem Menschen. Mehr noch, wenn zu
   alledem einer um das
Künftige weiß: dass hier ein
Erloschenes, ruchloses Herz sogleich
Buße erleidet. Denn wer
   in dem Reich des Zeus
Gefrevelt hat, dem harret drunten ein Richter
Mit unerbetnem Machtspruch.
Wo nie die Nächte sich wandeln,
Nimmer sich wandelt der
   Sonnentag, genießt der Edle allzeit ein
Leben, das kennet Mühsal nicht; und die Flur nicht
   martert die schwielige Hand,
Auch die Wogen nicht der See
Für karges Bedürfen. Und wer
   seines Eides nie vergaß,
Der weilt bei den Göttern
   in der Lieblinge Schar
Und weiß nicht, was Tränen
Sind. Aber die andern erdulden
   unausdenkbare Qual.

Ihm antwortete der Choros, indem er die Orchestra verließ und
über die oben genannte Treppe zur *Skené* hinauf stiefelte, um
den Schauspieler in die Mitte zu nehmen:

Käme doch bald der Tod, doch ohne großen Schmerz,
   ohne des Siechenden Pein,
Und brächte mir einen Schlaf, der lange währt,
Nimmermehr endenden Schlaf! Denn man nahm
Mir den huldreichen Herrn und Schützer.

Weinend verließ der Chor samt dem letzten Akteur die Bühne,
verteilt über die drei Türen des dahinter liegenden Gebäudes;
als sie hindurch gegangen waren, quollen dort gespenstische
Gestalten hervor, die mich an das furchtbare Erlebnis vorhin in
den Auen des Tibers erinnerten:

151

Fünfzehn Skelette, so schien es, wandelten auf genagelten Stiefeln gemessenen Schrittes über die aufschreienden Bretter der Bühne; vor dem rabenschwarzen Hintergrund waren ihre schwarzen Gewänder, auf welche die Knochengestelle aufgeschneidert waren, so gut wie unsichtbar; die Männer schrien im Sprechchor auf das Grausigste:

Das menschliche Leben ist Jammer und Not,
Erlösung, Frieden ist nirgends.

Wohl gibt es ein anderes, ein seliges Sein,
doch liegt es verborgen in Dunkel und Dunst.
Drum klammert die eitle Liebe sich fest
an den gleißenden Schimmer der irdischen Welt,
bloß weil sie ein anderes Leben nicht kennt,
kein Auge die Schatten des Todes durchmisst,
Wahnbilder des Glaubens uns irren.
Ein Seufzen klingt, wenn der Wogenbau der Flut
Schäumend fällt; die Tiefe seufzt;
Und drunten grollt's im düstern Haus des Hades.
Weh Euch, Ihr Gäst', weh uns, den Toten,
Denn besser wär's, geboren nicht zu sein.
Oh, gäb' es doch der eitlen Weiber nicht!

Als der *Gespenster-Choros* diese Verse deklamiert hatte, zogen sich die entsprechenden Schauspieler wieder zurück, während Theatersklaven den Vorhang zuzogen.

Die Zuschauer verharrten noch eine Weile in unerhörter Betroffenheit, denn in dieser Tragödie war kein einziger der Akteure seinem Schicksal entronnen:

Zum Schluss waren sie alle gestorben oder umgekommen, einer nach dem anderen; die meisten von ihnen hatten einander gegenseitig den Tod gegeben; das Gute wollend, hatten sie stets das Böse getan und mit frevlerischen Worten die Rachsucht der Götter herausgefordert.

Doch dann brandete Beifall auf, erst zögerlich, dann rauschend und anschwellend, untermischt von einzelnen Bravo-Rufen; das Stück war zu Ende; die ersten Gäste erhoben sich, um dem Ausgang zuzustreben, aber da trat ein gruseliges Ereignis ein, welches alle wieder Platz nehmen ließ, denn die Regie hatte sich, wie es schien, noch ein kleines Nachspiel einfallen lassen, welches in Roms Theaterlandschaft Seinesgleichen suchte, und schon der erste Anblick bannte mich zu Stein erstarrt in den Sessel:

Ein einzelner Schauspieler, der größer gewachsen schien als alle anderen oder auf besonders hohem Kothurn[74] wandelte, zwängte sich durch den Spalt des Vorhanges und ging gemessen Schrittes nach vorne; auch er war als Skelett kostümiert; auf ein leises Raunen des Publikums folgte tödliches Schweigen; der Akteur reckte sich zu voller Größe und sprach:

Zeus, warum musstest du das Weib erschaffen?
Ein Übel ist's von falsch gemünztem Glanz.
Wenn du das Menschenvolk fortpflanzen wolltest,
des Weibes hättest du entraten sollen.

Was sich dann ereignete, ist mit dem Wort *Wahnsinn* oder *Irrsinn* nicht mehr wiederzugeben:

Der als *Thánatos* kostümierte Schauspieler schälte sich nämlich gemächlich und gelassen aus seiner Kutte; zuerst zeigte er seinen herrlich gestalteten Kopf, dann streifte er den gesamten Talar ab und ließ ihn zu Boden gleiten, um aus ihm heraus zu steigen, die Waden fast bis zum Knie in mit grünlich schimmernden Edelsteinen besetzten feurig roten *Calceï* steckend.

Er trug jetzt nur noch den knappen, nach unten spitz zulaufenden Lendenschurz der Gladiatoren, der auf beiden Seiten die Hüften frei ließ und an einem breiten, mit Perlen reich bestickten Gürtel befestigt war; in einer mit Silber beschlagenen Scheide steckte ein Dolch, dessen fein gearbeiteter elfenbeinerner Griff in matten Schein der Lämpchen schimmerte.

An seinem herab hängenden linken Oberarm gewahrte ich eine Verletzung, aus der in feinem Rinnsal, so schmal wie ein

---

74 Lateinisch *Cothurnus* (griech. kóthornos) = eigentlich der *Jagdstiefel*; er ist aber auch der klassische *Theaterschuh*, mit besonders dicker Sohle ausgestattet, um die Schauspieler größer erscheinen zu lassen, als sie eigentlich sind.

Faden, Blut herunter floss, um von der Spitze des Mittelfingers auf die Bühne zu tropfen ...

Nie zuvor und auch niemals später konnte ich einen dergestalt herrlich modellierten männlichen Körper bewundern; denke Dir, mein liebster Leser, einen großen breitschultrigen Mann, der in seiner athletischen Gestalt den göttlichen *Doryphoros*[75] des *Polykleitos* in den Schatten stellt; mit seinem aufleuchtenden Gesicht samt dem schulterlangen blonden Haar war er das berückendste und bezauberndste Mannsbild, welches ich jemals gesehen hatte:

Zweifellos war er der auf Fabia angesetzte Mörder; er hatte sich dank der zum Skelett gestalteten Kutte unerkannt unter die Schauspielertruppe gemischt und damit unsere Pläne, hier im Odeion unterzukriechen, um vor ihm geschützt zu sein, durchschaut und wirkungsvoll durchkreuzt; die Frage, wie er zu seiner makabren Kutte gekommen war, blieb vorerst noch offen:

Diagonal über dem Oberkörper trug er einen mit Goldfäden bestickten Gurt aus Leinen, an dem auf seinen Rücken der Köcher voller Pfeile angebracht war; in der linken Hand hielt er den gefürchteten kleinen Bogen aus filigranem Stahl.

Ein letzter Schritt noch bis zur Kante der Bühne, dann ließ er suchend seine Blicke über den Zuschauern schweifen, und ich war der einzige unter ihnen, der wusste, dass es sich hier nicht mehr um ein harmloses Theaterstück handelte, denn während er sich anmutig bald nach links, bald nach rechts drehte, stöhnten die Frauen und Mädchen vor Wonne und erste wilde Zurufe brandeten ihm entgegen, die er mit feinem Lächeln beantwortete.

Als einige üble Weiber schließlich, wie das ihre unangenehme Art ist, wenn sie eines gut gebauten Mannes ansichtig werden, anfingen, tierisch zu kreischen und sogar drohten, vor

---

75 Der *Doryphoros* (griechisch: der Speerträger) ist auch heute noch eine der meistbewunderten Statuen des antiken Hellas; ein muskelstrotzender nackter Modellathlet, der in lässiger Haltung lässig seinen Speer über die Schulter lehnt; das Meisterwerk des Meisterbildhauers *Polykleitos* (5. Jh. v. Chr.); dieses sein Werk war und blieb so berühmt, dass es in mehreren Kopien erhalten ist, z.B. in Neapel.

154

lauter Raserei in Ohnmacht zu fallen, versteinerte sich seine Miene und zeigte kalte Verachtung für diese Art der Huldigung.

Meine Fabia, auf die er es ja abgesehen hatte, war seinen Adleraugen bislang wohl noch verborgen geblieben; sie saß bekanntlich in der ersten Reihe, also tief unter ihm, und seine Blicke waren über sie hinweg gegangen, doch nun!

Während ich wie von schlaffer Lähmung ergriffen mitten unter den johlenden Weibern hocken blieb, statt zu meiner Geliebten hinunter zu eilen, um mich schützend vor sie zu werfen, erhob sich Fabia von ihrem Sitz und ging Schritt für Schritt bis zur Mitte des Halbrundes der Orchestra, um dann keine zehn Doppelschritt (*unter 15 m.*) vor dem herrlichen *Adonis* stehen zu bleiben.

Mir stockte der Atem; ich war außer mir; Totenstille eroberte den Zuschauerraum; wie gebannt wartete man auf die Fortsetzung des Dramas, welches jetzt eine unheimliche Wendung zu nehmen schien, denn schon hatte der junge Mann Fabia, sein Opfer, erblickt und lächelte ihr seltsam entgegen:

Wie entrückt, wie in Ekstase sah sie nun zu ihm auf, als wäre er ihr Gott, während sie das Gewand um mindestens eine Handbreit nach unten zerrte; dann warf sie, wie zum heiligen Gebet, die Hände hoch in den Himmel hinauf, den gesamten Leib dadurch herausfordernd nach vorne gebogen und ihrem Mörder zum mörderischen Todesstreich entgegen streckend, und rief mit kristallklarer, bis zur obersten Sitzreihe deutlich vernehmbarer Stimme:

»Mein göttergleicher Adonis! Mein Ein und Alles; mein über alles geliebter Mann! Hier! *Hier* ist dein freiwilliges Opfer; töte deine Geliebte! Töte deine Frau und Gattin! Töte mich! Lass mich gnädig sterben! Im Vollgefühl der Wonne will ich mein Leben enden.«

Der junge Mann lächelte ihr, wie verliebt, zu und nahm mit größter Gelassenheit einen ersten Pfeil aus dem Köcher; ich sah das und wusste nicht mehr, was ich tat, denn ich brüllte, mich selbst vergessend und rasend vor Eifersucht:

»Töte sie; töte das Hurenweib!«

Das wirkte; noch ehe der Schütze den Pfeil auf die Sehne spannen konnte, riefen einige andere Männer:

»Töte das Hurenweib!«

Dann fast alle Zuschauer, die jetzt ahnungslos ins makabre Spiel eingriffen, im wüsten Sprechchor, so laut, dass die Fensterscheiben zu klirren begannen:

»Töte das Hurenweib, töte das Hurenweib!«

Fabia ging jetzt mit nach oben angewinkelten Armen einen weiteren Schritt auf den Mörder zu; die Sehne sirrte, der Pfeil zischte heulend aus dem Bogen und haftete in ihrem linkem Oberschenkel; sie stöhnte auf, ohne die Haltung zu verändern:

»Töte das Hurenweib, töte das Hurenweib!«, schrie das Publikum wie von Sinnen, und ich schrie mit:

Ein zweiter Pfeil verließ den Bogen und haftete in Fabias rechtem Oberschenkel, sie wimmerte und sagte dann mit brechender Stimme:

»So töte mich doch endlich, mein Geliebter! Worauf wartest du noch? Hier steht dein williges Opfer.«

»Töte das Hurenweib, töte das Hurenweib!«, schrie erneut das Publikum; wieder schrie ich mit und wusste nicht, was ich tat.

Was dann geschah, ist nicht leicht zu beschreiben; man muss es miterlebt haben, um zu wissen, was ich meine, denn nun ereigneten sich zwei Handlungen *synchron*; der zeitliche Unterschied war so gering, dass man ihn mit bloßem Auge überhaupt nicht wahrnehmen konnte; da ich nicht beides auf einmal schildern kann, wollen wir mit der scheinbar ersten Handlung beginnen:

Der Mörder legte einen dritten Pfeil auf die Sehne und spannte den Bogen bis aufs Äußerste; seine eisig kalten dunkelblauen Augen waren maskenhaft starr auf Fabia gerichtet, und sie erwiderte den Blick, die Lippen wie zum Kuss nach vorne gewölbt; das Publikum verstummte nun auf einmal; fast völlige Stille trat ein; nur eine einzige Frau kreischte noch einmal mit schriller Stimme:

»Töte die Hure!«

Dann kurze Totenstille, und schon schnarrte der Bogen; die Sehne sirrte; der Pfeil schlug mit größer Wucht in Fabias linker Brusthälfte ein; sie schrie, sie taumelte, sie schwankte, sie griff mit beiden Händen nach dem empor ragenden stumpfen Ende

156

des Pfeils, als wollte sie ihn herausziehen, und schon ... Genau im *selben* Augenblick, als der Pfeil abgeschossen wurde, war ein großer hagerer rothaariger Mann, von hinten kommend, in Riesensätzen über die Breite der Bühne gesprungen, ein aufblitzendes Schwert in der Hand; zweimal wirbelte er um die eigene Achse, um dann dem Mörder mit einem einzigen Hieb, den er mit einem wüsten Schrei begleitete, den Kopf abzuschlagen.

Während meine Fabia unten in der Orchestra in sich zusammen sank und zu Boden fiel, stand der Verbrecher noch für die Dauer von vielleicht zwei Atemzügen aufrecht auf der Bühne.

Sein Haupt kollerte und hüpfte inzwischen über die Orchestra und blieb schließlich vor der ersten Sitzreihe liegen, den Scheitel nach unten, die gläsern wirkenden Glotzaugen starr auf das schrill kreischende Publikum gerichtet, während hoch oben auf der Skené aus dem roten Halsstumpf des hin und her schwankenden Mannes das Blut im feinen Springbrunnen heraus pulsierte und nach oben spritzte.

Dann stürzte der Kopflose vornüber hinunter, schlug krachend in der Orchestra auf und blieb unmittelbar vor seinem Opfer auf dem Rücken liegen, die Arme samt ineinander verkrampften Fingern weit ausgestreckt, als wäre er ans Kreuz geschlagen; rasch breitete sich eine Blutlache um ihn herum aus.

Jedermann im Hause war jetzt bewusst geworden, dass hier *kein Theater* gespielt wurde; wildes Geschrei erfüllte den Raum; viele versuchten, in Panik das Gebäude zu verlassen; es gab Verletzte, als man über die Schwächeren hinweg trampelte, aber zum Glück wenigstens keine Toten; andere hatten den Nerv, an meiner Seite nach vorne zu gehen, um nach den Leichen zu sehen:

Ich fühlte Fabias Puls; nichts tat sich; sie war tot; der Pfeil musste sie mitten ins Herz getroffen haben; ich war starr vor Entsetzen und Verzweiflung und wollte mich über die Tote werfen, aber Rufus hielt mich mit sanfter Gewalt davon ab und streichelte mir über die Hand, als ich hemmungslos zu schluchzen begann ...

Und dann geschah etwas Unerhörtes, etwas bei Rufus noch nie Dagewesenes, etwas, das ich auch später bei diesem Mann von einer unerhörten, ja *eisernen* Selbstbeherrschung nicht und nie wieder erleben durfte; etwas, was ich *ihm*, diesem *Stoiker*, gar nicht hoch genug anrechnen konnte und anrechnen kann:

Während ich noch wie tot neben meiner Geliebten, neben der *Traumfrau* meines Lebens stand und *mir selbst* nichts anderes als den Tod wünschte, nicht zuletzt deshalb, weil mir wohlbewusst war, welch *schändliche* und *erbärmliche Rolle* ich gerade eben erst gespielt hatte, da wandte sich Rufus plötzlich ab, ließ den Kopf hängen und schlug sich die Hände vor das Gesicht:

Am ganzen Körper fing er an zu zucken und zu beben; es war, als wollte ihn der furchtbare Krampf, in dessen eiserne Klauen er geraten war, in Stücke reißen:

Zwischen den Fingern quollen ihm in breitem Strom die Tränen hervor, um wie glitzernde Smaragde zu Boden zu rieseln.

***

Dann erst kamen mit waffenklirrender Mannschaft und grimmiger Miene die Kommandeure der Stadtwache, dann erst kamen der Tribunus Marcellus und sein Hauptmann Galba samt Gefolge.

}Nachwort

Schon den zweiten Tag nach der Katastrophe im Odeion am Domitianus-Stadion hockte Rufus wie versteinert in seinem geliebten Korbsessel; er hatte in dieser Zeit keinen Krümel Brot zu sich genommen; immer nur starrte er mit aufeinander gepetzten Lippen ins Leere, und meine Mahnungen, zum Leben zurück zu kehren, gingen ins Leere; er schien sie gar nicht zu hören.

Die erste Stunde des Nachmittags war gekommen; Jupiter hatte gewaltige Wolkenmassen über Rom geschickt, aus denen der Regen dicht wie aus Amphoren hernieder prasselte, unterbrochen immer wieder von flackernden Blitzen, welche das Atrium seines festen Hauses, in welchem wir saßen, zuerst in unheimliches Licht tauchte, um es dann im Grollen des Donners bis in die Grundmauern zu erschüttern.

Jetzt kam der Türsklave herein; ihm folgte Marcellus, das fuchsige Gesicht im Triumph gerötet; Rufus hieß ihn mit einer Handbewegung in einem leeren Sessel Platz nehmen, sah ihm nachdenklich ins Gesicht und sagte dann:

»Das ist ungemein erfreulich, mein lieber Tribunus, dass du alles über die beiden Toten herausgefunden hast; du weißt jetzt, wer sie waren und welch entsetzliches Verhängnis über der Sache lag.«

Noch während Rufus dies sagte, erlosch das triumphierende Lächeln in Marcellus' Antlitz:

»Mein guter Rufus«, sagte er, »du hast deine Methoden; wir haben unsere; aber um alles in der Welt, wie willst du all das wissen, was mich zwei Tage, angefüllt mit intensiver Arbeit vor Ort, in Atem hielt, während du das Haus nicht verließest?«

»Fasse meine Äußerungen bitte nicht als Kritik oder Überheblichkeit auf«, sagte Rufus, »denn nichts schätze ich mehr als die gründliche Arbeit der Stadtwache, auch wenn euch hin und wieder die Gabe des Kombinierens fehlt; getrennt marschieren, vereint schlagen, so sind wir noch immer am besten gefahren.«

»Ja«, sagte Marcellus, »aber dass der Fall derart tragische Ausmaße hätte, konnte ich nicht ahnen; ich denke, es ist der Stoff für eine griechische Tragödie; furchtbar, ganz furchtbar;

so etwas ist mir selten, nein, noch nie! widerfahren; und ich mache den Tribunus jetzt schon über zehn Jahre.«

»Jetzt reicht es mir aber«, brüllte ich, »ihr redet in Rätseln; ihr sprecht eine Sprache, die ich nicht verstehe; und dass ihr mich für einen Dummkopf und Trottel haltet, lasse ich mir nicht länger gefallen; her mit dem Klartext!«

»Willst *du* es ihm sagen?«, fragte Marcellus.

»Nein«, sagte Rufus, »besser, du tust es, denn du hast die Fakten in der Hand, ich nur die Theorie, und mit Fakten kennt sich unser Freund, der Doktor, besser aus.«

»Gut«, sagte Marcellus gedehnt, »ich will ihm erklären, was ich in den letzten beiden Tagen so alles unternommen habe:

Zunächst habe ich die Leichen, wie gehabt, zwischen Eis betten lassen; es ging mir dabei um die Identität des Mörders, aber auch bei seinem Opfer wollte ich auf Nummer sicher gehen und holte mir meine besten Spitzel ins Haus: Um es kurz zu machen, der junge Mann war Sohn des berühmten Senators ...

...und gestern wurde er in einer kleinen, von der Umwelt abgeschotteten Feier den Flammen übergeben und ruht nun in der Gruft der Familie.«

Marcellus flüsterte mir einen Namen ins Ohr, der mich vor Ehrfurcht erstarren ließ; ein Mann aus dem unmittelbaren Umfeld unseres Kaisers Traianus, ein Freund des Kaisers, dessen Namen ich bis heute nicht nennen darf:

»Als ich die Identität des Täters geklärt hatte, machte ich mich zunächst daran, ähnliche Fälle auszugraben, die wir bisher nicht hatten lösen können; und damit ihr es wisst:

Dieser Killer hat neben der ihm im *Fall Fabia* nachgewiesenen drei Untaten sieben weitere Morde begangen; er war ein berufsmäßiger Killer und hätte gewiss weiter getötet, wenn ihm Rufus nicht das Handwerk gelegt hätte.«

»Das war klar«, flocht Rufus ein, »dass dieser Sohn eines hochberühmten Vaters für all diese Verbrechen verantwortlich war; wir suchten ja auf getrennten Wegen seit über einem Jahr nach dem Mörder mit dem stählernen Bogen; und wenn ich mir eine Bemerkung gestatten darf:

Er war von überragender Intelligenz, indem er jedwedes

Einschreiten der Stadtwache oder von mir stets in seine Pläne mit einbezog und durchkreuzte.«

»So ist es«, sagte Marcellus, »und ich musste dann natürlich den Vater aufsuchen; es war mir unendlich peinlich, aber nicht zu vermeiden; ich ging also hin, nachdem mich mein Diener angemeldet hatte, um den Fall mit ihm zu besprechen:

Er gab offen zu, immer gewusst zu haben, dass sein Ältester neben seiner braven Tochter und einem trefflichen anderen Sohn das *Schwarze Schaf* der Familie war und sich die besten Hauslehrer die Zähne an ihm ausgebissen hatten.

Dann ging er mit mir auf das Revier, um ihn endgültig zu identifizieren; wir hatten den Kopf mittels eines Schals am Halsstumpf befestigt, damit es so aussah, als schliefe er, und – verdammt noch mal – er sah noch im Tode so schön wie Adonis in Person aus: Der Herr Senator vergoss keine Träne, als er ihm ins Gesicht blickte.

Dann wollte er auch noch die ermordete Frau sehen, die ich unmittelbar neben ihren Mörder gebettet hatte; wir gestatteten es ihm; ich zog die Plane von der Leiche herunter, und der alte Mann schrie auf vor Entsetzen und schlug die Hände vor das Gesicht, um dann lauthals aufzuschluchzen.«

»Nicht wahr«, sagte Rufus und legte die Fingerspitzen aufeinander, »nicht war, ihr alle stauntet jetzt über die große Ähnlichkeit der beiden Toten, über die geradezu verblüffende Ähnlichkeit im Gesicht; sogar diese schrecklichen Sommersprossen hatte der junge Mann ... und der Rest lässt sich dann denken ...«

»Das verstehe, wer will«, maulte ich, »mir jedenfalls ist das Ganze mehr als rätselhaft.«

»Gut!«, sagte Rufus, »mein lieber Marcellus, dann berichte dem Doktor die Einzelheiten, die du ermittelt und unter Beweis gestellt hast, während ich das Problem rein *theoretisch* löste, um zu meinem *eigenen* Schluss zu kommen, nämlich, dass es besser keine Ermittlungen gegeben hätte, denn jetzt ist damit niemand mehr gedient, und noch immer gilt: *de mortuis nil nisi bene.*«[76]

»Lieber, guter Rufus! Wie recht du hast, aber du kannst in

---

76 Römischer Spruch: »über die Toten nichts, wenn nicht Gutes!«

solchen Fragen deine eigenen Wege gehen; wir hingegen sind nur Staatsbeamte und müssen unserer Dienstordnung folgen, komme da, was da wolle; mir blieb also keine andere Wahl, obwohl ich dir ansonsten gerne zustimmen möchte.«

»Schluss mit dem Geschwafel«, brüllte ich empört, »lasst mich jetzt endlich wissen, warum der Senator bei Fabiolas Anblick so geschockt wirkte, warum er in Tränen aufgelöst war!«

»Ja, begreifst du denn *gar* nichts?«, fragte Rufus, »die Lösung liegt doch auf der Hand.«

»Nichts liegt auf der Hand«, bemerkte ich trotzig, obwohl mir *dergestalt* Grässliches schwante, dass ich es am liebsten nicht mehr hören wollte:

»Der namenlose junge Mann«, grummelte Marcellus jetzt mitleidlos, »und die Ermordete waren *Halbgeschwister*, und er war ihr, wie man so sagt, aus dem Gesicht geschnitten.«

»Ist dir das denn nicht aufgefallen?«, fragte Rufus.

»Nein, das habe ich nicht bemerkt; aber sie war doch die Tochter des Kaufmanns Fabius aus Neapolis, nicht wahr?«

»*Offiziell* ja«, sagte Marcellus bedächtig, »aber die Mutter dieser Fabia hatte es *zuerst* mit dem damals noch sehr sehr jungen und feurigen Sohn eines gewissen Senators; als dieser sie geschwängert hatte und heiraten wollte, ließen es seine Eltern nicht zu; er war noch nicht volljährig.«

»Und so stürzte sie sich ins nächstbeste Verhältnis und machte dem Kaufmann Fabius weis, das kleine Mädchen Fabia sei *seine* Tochter«, sagte Rufus, »und als er etliche Jahre später den Betrug entdeckte, brachte er Fabias Mutter einfach um; bekanntlich fand man sie erhängt auf dem Dachboden vor ...«

»Genau so war es«, sagte Marcellus, »und meine Kollegen aus Neapolis widerlegten die Selbstmordtheorie aufs Gründlichste; es wäre gewiss zum Mordprozess gekommen, wenn ihn Kaiser Traianus *persönlich* nicht untersagt hätte; naturgemäß wollte er nicht, dass einer seiner besten Freunde mit hinein gezogen würde; und dass es sich so und nicht anders abspielte, hat mir der erlauchte Freund unseres Herrschers offen eingestanden; die Trauer um Fabia, seine ältere Tochter, kostete ihm fast das Leben.«

»Und das ist alles?«, fragte ich.

»Das ist alles«, sagte Rufus.

»Aber warum hat der Senator sich nicht um diese seine ältere Tochter gekümmert? Und warum hat der junge Mann diese furchtbare Laufbahn als Berufsmörder eingeschlagen; er hatte doch seit frühester Kindheit alles, was das Herz begehrt!«

»Sollte der alte Mann bei seiner gesellschaftlichen Position etwa eine Bloßstellung riskieren?«, fragte Marcellus.

»Zweifellos, zweifellos hatte sein Sohn alles, was er sich nur wünschen konnte, und die Frauen sind ihm in Scharen nachgelaufen«, sagte Rufus, »aber eine richtige *Aufgabe*, die ihn hätte erfüllen können, hatte er eben nicht.«

»Und dann hätte er also ...«, murmelte ich.

»So ist es, mein lieber Sokrates«, sagte Rufus, »er empfand nur noch eine innere Leere; und er tat, was er tat, aus *Langeweile*, aus purer, tödlicher Langeweile.«

FINIS

Zu diesem Buch

Ein scheinbar verzwickter Kriminalfall kommt auf Privatdetektiv L. Aemilius Paulus zu, den man wegen seiner roten Haare »Rufus« (*der Fuchsrote*) nennt: Allem Anschein nach geht hier eine Frau um, die kleinen Kindern das Blut aus den Adern saugt; die Stadtwache von Rom ist überfordert; Rufus widmet sich der Sache, assistiert von seinem Freund Sokrates, einem griechischen Arzt und löst die Gruselgeschichte mit der ihm eigenen Souveränität.

Darüber plaudernd sitzt er nun mit seinem Kumpel im Schatten des Kolosseums, als aus einer der gegenüber in den Platz mündenden Gasse eine Frau gestürmt kommt, der die Todesangst ins Gesicht geschrieben ist; Rufus analysiert kühl, um was für einen Typ es sich da handelt, während Sokrates von der aufregenden, wenn auch keineswegs mehr jungen Frau mehr als nur angetan ist; sie lässt sich übrigens »Fabiola« (*kleine Fabia*) nennen.

Als sie ihr Hilfe anbieten wollen, flüchtet sie vor ihnen; eingeholt und am Ende ihrer Kräfte, gesteht sie, Angst vor einem auf sie angesetzten unbekannten Mörder zu haben; Rufus übernimmt den Fall, nicht ohne auch seinen Freund *Galba* von der Stadtwache einzuschalten; Sokrates ist mit von der Partie und verliebt sich in die von Panik Geschüttelte unsterblich; gemeinsam versuchen die drei, der Frau das Leben zu retten, die *vor ihren Augen* einem Mordanschlag entgeht.

Auf der Suche nach dem Killer erleben die drei Freunde eine wahre Mordserie; immer ist ihnen der anonyme Mörder, der sogar einen Rufus in Lebensgefahr bringt, den Verfolgern einen Schritt voraus.

Dann begeht Fabiola einen verheerenden Fehler; und eben dadurch kommt es zum grausig blutigen *Show-Down*, zunächst auf dem nächtlichen Marsfeld, Roms Stadtpark, und zuletzt im kleinen Theater am Stadion des Domitianus.

Der Autor M. G. Scultetus legt hier einen Gruselkrimi vor, der zur Zeit des Kaisers *Traianus* in spielt und zugleich eine bittersüße Liebesromanze ist, in deren Mittelpunkt Fabiola steht, eine liebenswürdige und liebesbedürftige Frau in der Mitte des Lebens, voller teilweise verheerender Fehler und Unzulänglichkeiten, *äußerlich* wie im *Charakter*, eben eine Süße, mit der man sich identifizieren kann.

Zum Autor

Meinhard-Wilhelm Schulz alias latinisiert *Meginhardus-Guilelmus Scultetus* ist Historiker und Latinist. Er verfasste u. a. Studien zu Caesar und Tacitus, als passionierter Reiter eine Schrift zum Thema antike Reiterei und erarbeitete eine Ausgabe lateinischer Hymnen mit Übersetzung und Kommentar. Seine besondere Leidenschaft gilt dem Erzählen und dabei der Abfassung historischer Erzählungen und Romane, darunter als »Gruselschulz« insbesondere Grusel– und Gespenstergeschichten (dabei auch aktiv für für *Arcana, das Magazin für klassische und moderne Phantastik*)). Für literarisch weiter interessierte Leser ist seine erstmals in modernes Deutsch übertragene Übersetzung von Apuleius' »Metamorphosen« (»Der goldene Esel«), des großen antiken »Roadmovie-Roman« der römischen Literatur, hervorzuheben.

Der Umschlag dieser Krimireihe (Gestaltung: *textus:*) zeigt einen Ausschnitt eines originalen römischen Bodenpflasters aus dem 2. Jh. n. Chr. (Foto: Archiv *textus.*)

von Mr. G. Scuttchur

Herausgegeben von Helmut Schareika

Bisher sind erschienen:

Himmlische Neue Welt
Wehrmanns Weg nach dem Dritten Weltkrieg
Erzählungen
224 Seiten
2016, ISBN 978-3-7412-1002-0

Aurelia & Flammetta
Liebe und Horror im alten Rom
Zwei Romanerzählungen
228 Seiten
2016, ISBN 978-3-7412-0977-2

Das Tröpfeln des Blutes
Gruseliges aus Old Merry England
Neu entdeckte Novellen
220 Seiten
2016, ISBN 978-3-7412-1001-3

ꩰꩰꩰ

Vom selben Autor
Wolf
Drama um eine autistische Familie
Eine authentische Geschichte
über das Schicksal eines jungen Mannes
330 Seiten,
2016, ISBN 978-3-8423-8296-1

BoD — Books on Demand

FURCHT GRUSEL HORROR

von Mr. G. Scullitur

Herausgegeben von Helmut Schareika

Neu in der Reihe:

Rufilla
Die Hexe von Londinium
Roman, 274 Seiten
2017, ISBN 978-3-XXXXXXX

Melissa
Aufzeichnungen eines Wahnsinnigen
Roman, 244 Seiten
2017, ISBN 978-3-XXXXXX

Matilda — Das Weib des Satans
Bruder Benedictus und das Mädchen
Zwei Thriller aus dem Mittelalter
271 Seiten
2017. ISBN 978-3-XXXXXX

BoD — Books on Demand

Privatdetektiv Rufus
löst Kriminalfälle im alten Rom

von M. G. Scutletur

Herausgegeben von Helmut Schareika

Privatdetektiv Rufus
Band 1: ... und die mörderische Hetzjagd auf Fabiola
Kriminalroman, 165 Seiten
2017, ISBN 978-3-XXXXXX

Band 2: ... und das Drama um die bezaubernde Virgilia
Kriminalroman, 236 Seiten
2017, ISBN 978-3-XXXXXX

Band 3: ... und der Würger von Rom
Kriminalroman, 175 Seiten
2017, ISBN 978-3-XXXXXX

Band 4: Herr der Frauen
und
Der Fall Romulus und Remus
Zwei Kriminalromane, 217 Seiten
2017, ISBN 978-3-XXXXXX

Erst recht fantastisch und spannend:
Apuleius
Des reisenden Lucius erotische Abenteuer, tierische Leiden und schließliche Erlösung
oder: »Der goldene Esel«
Der große antike »Roadmovie-Roman« der Weltliteratur;
aus dem Lateinischen neu übersetzt von M. W. Schulz
280 Seiten, 2016, ISBN 978-3-8370-7776-6

BoD — Books on Demand